大學文學欣賞

【總主編】
周虎林

【副主編】
周天令

【合　編】
王雪卿　王緯甄
李秋蘭　吳元嘉
陳司直　廖志超
鄭雅文　劉淑娟
蔣妙琴　蕭湘鳳

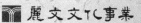 麗文文化事業

■ 國家圖書館出版品預行編目資料

大學文學欣賞／周虎林總主編. ――三版. ――高雄市：
麗文文化, 2016.09
　　面；　公分
　　ISBN　978-957-748-903-6 (平裝)

1.國文科　2.讀本

836　　　　　　　　　　　　　　105016659

大學文學欣賞

三版一刷・2016 年 9 月

總主編　　周虎林
副主編　　周天令
編者　　　王雪卿、王緯甄、李秋蘭、吳元嘉、陳司直、廖志超、鄭雅文、劉淑娟、
　　　　　蔣妙琴、蕭湘鳳
責任編輯　李麗娟
封面設計　黃士豪
發行人　　楊曉祺
總編輯　　蔡國彬
出版者　　麗文文化事業股份有限公司
地址　　　80252高雄市苓雅區五福一路57號2樓之2
電話　　　07-2265267
傳眞　　　07-2233073
網址　　　http://www.liwen.com.tw
電子信箱　liwen@liwen.com.tw
劃撥帳號　41423894
購書專線　07-2265257轉236
臺北分公司　23445新北市永和區秀朗路一段41號
電話　　　02-29229075
傳眞　　　02-29220464
法律顧問　林廷隆律師
電話　　　02-29658212

行政院新聞局出版事業登記證局版台業字第5692號
ISBN　978-957-748-903-6 (平裝)

麗文文化事業

定價：320 元

凡 例

一、本書是以大專院校之語文教學為編寫方向，依文體性質之時代先後介紹各代文學作品。

二、為了配合時代需要，本書選文除以「文學性」、「典範性」為主要考量外，並兼顧「現代性」、「趣味性」和「實用性」，以培養學生文學鑒賞、語文表達、生活應用的能力，增進學生探索生命、關懷社會、熱愛家國的情操。

三、本書分為「散文」、「詩歌」、「小說與戲曲」、「應用文」四大單元，各單元包含課文若干篇。每一單元編有「導讀」，有系統地介紹各體文學的源流、特色和影響，以幫助學生對於整個文學發展的瞭解。

四、每課課文之前編有「題解」、「作者」。「題解」說明課文的出處與旨趣，以增進讀者對課文的認識。「作者」簡要介紹作家的生平事蹟，以便讀者對課文創作時代背景的掌握，並對作家的處世風範與文學成就有所嚮往。

五、課文後面附有「注釋」、「賞析」、「問題討論」與「延伸閱讀」。「注釋」力求簡明扼要，或疏解字詞用意、典故，或標示生字疑詞之注音，以加強讀者的閱讀能力。「賞析」在闡發作品的思想內容、寫作技巧及藝術特色，以加深讀者的學習精神。「問題討論」配合教學目標，以啟發讀者的思考與論證，並作為評鑑學習成果。「延伸閱讀」則提供有志者更深層地研究文學。

六、本書係由前吳鳳技術學院通識中心周虎林主任規畫，中文領域國文教師參與編纂，請鄭雅文、蕭湘鳳、王緯甄、廖志超四位教授組成編輯小組，並推舉周天令教授為召集人。在編纂過程中，經彼此相互審閱稿件，並召開多次會議，將各種問題逐一討論，斟酌再三，才正式定稿。惟疏漏之處，必難倖免，尚祈賢達先進不吝指正，俾再版修正，無紉感荷。

contents

目次

contents
目次

散文 篇

散文導讀

中國歷代文章，有駢、散之分。駢文在句式上要求對仗，在聲韻上講究平仄，在修辭上注重藻飾和用典；散文則長短錯落，無格調聲律的束縛，敘述但求適切有致。觀經史子集四庫之書，其中用散文寫成的，佔絕大多數。

散文的出現，早在先秦時代，已經發展出經典散文、諸子散文、史傳散文，此時期的散文是開創中國散文的最基本形式，即是以議論和敘事為主，後世散文的創作與以上兩種都有密切關係。

兩漢之際，是延續先秦而有進一步的發展，其散文作家的創作更是多采多姿。賈誼的〈過秦論〉，司馬相如的〈難蜀父老〉，司馬遷的〈報任少卿書〉，班固的〈漢書藝文志諸子略敘〉，蔡邕的〈郭有道碑〉等等，都是家喻戶曉，膾炙人口的作品。明朝前後七子如李夢陽、何景明等人提出擬古主義，即以「文崇秦漢，詩必盛唐」，可見兩漢散文受後人重視的程度。

魏晉南北朝是文學的自覺與文學創作個性化的時期，亦是駢文興盛時期，散文受其影響，都帶有駢文的色彩。諸葛亮的〈出師表〉，李密的〈陳情表〉，王羲之的〈蘭亭集序〉，陶淵明的〈桃花源記〉、〈歸去來辭〉，吳均的〈與宋元思書〉等等，堪稱一時佳選。駢文在六朝時期臻於全盛，為文者競一韻之奇，爭一字之功。連篇累牘，不出月露之形；積案盈箱，唯是風雲之狀，形成一股淫靡文風，因而引發「文道合一論」的古文運動，造就唐宋八大家散文，為中國文學樹立了「文統」的觀念。

唐宋兩代是中國古代散文發展的高峰期，名篇甚多，魏徵〈諫太宗十思疏〉，駱賓王〈為徐敬業討武曌檄〉，王勃〈滕王閣序〉，韓愈〈師說〉，〈進學解〉，〈祭十二郎文〉，柳宗元〈答韋中立論師道書〉等，

均是後人皆傳誦之作；其中韓愈是作序高手，〈送孟東野序〉、〈送李愿歸盤谷序〉等筆法佈局之妙，後人鮮有望其項背者；柳宗元是遊記名家，〈永州八記〉宛如一卷精工的山水畫長軸，已臻「文中有畫」的境界。

宋代朝廷以四六文取士，士子群趨若鶩，待歐陽修出來提倡古文，才使文風丕變，天下景從。歐陽修的文章措辭溫雅，容與閑易，工於言情，以風神自勝，可說是繼承韓、柳醇厚平和的風格。〈朋黨論〉、〈縱囚論〉、〈梅聖俞詩集序〉、〈醉翁亭記〉、〈秋聲賦〉、〈祭石曼卿文〉、〈瀧岡阡表〉等，可為代表作。其中，〈醉翁亭記〉與范仲淹〈岳陽樓記〉互相輝映；〈秋聲賦〉同蘇軾〈赤壁賦〉，皆屬散文賦，悲秋、悲人，令人慨嘆；〈祭石曼卿文〉三哭曼卿，臨風下淚；〈瀧岡阡表〉有四難下筆之處，而歐陽修都顧慮到，瑣碎曲盡，無不極其斡旋，使人讀之，不禁感念親恩而思孝行。

歐陽門下的古文家，各有特色。曾鞏為文典雅平實，〈寄歐陽舍人書〉頗似歐之神韻。王安石筆力拗折勁健，〈讀孟嘗君傳〉寥寥數語，精簡絕妙；〈遊褒禪山記〉寫意暢達，兼得逸趣哲理。蘇洵長於議論，〈六國論〉、〈管仲論〉為其代表作。蘇轍汪洋澹泊，有秀傑之氣，〈上樞密韓太尉書〉已露頭角；〈黃州快哉亭記〉更見逸緻。蘇軾才華特高，信筆揮灑，皆成佳構，渾涵光芒，雄視百代。〈留侯論〉、〈喜雨亭記〉、〈超然臺記〉、〈潮州韓文公廟碑〉、〈赤壁賦〉等，皆是後人傳誦不已的絕品。

金元兩朝以異族入主中國，旋起旋滅，作家文章多不足觀。

明代散文，可分好幾個派別。明初，宋濂〈閱江樓記〉，劉基〈司馬季主論卜〉，方孝儒〈豫讓論〉，或俊奇多姿，或閎肆豪放，頗具開國氣象，稱之「開國派」。成祖以後，政治安定，生活富足，造成文學上一種和平典雅的風格，如楊寓、楊榮、楊溥號稱「三楊」的散文，便有雍容紆徐的氣度，後人稱之「臺閣體」。

弘治、正德年間，李夢陽、何景明等前七子，提出「文必秦漢，詩必盛唐」，稱之「秦漢派」。嘉靖年間，王慎中、唐順之、茅坤、歸有光等，主張模仿唐宋八大家的作品，稱之「唐宋派」。其中，唐順之〈信陵

君救趙論〉氣勢鋒利；茅坤〈青霞先生文集序〉筆力渾厚；歸有光的文章，以平易流暢的文字，寫家庭社會的瑣事，而神態生動，風韻悠遠，後人推為「明文第一」。〈先妣事略〉、〈項脊軒志〉、〈寒花葬志〉、〈思子亭記〉、〈野鶴軒壁治〉等，都可說是天下頭等文字。

至於既不模擬秦漢，也不仿效唐宋，卓然自成一體，有陳白沙、王陽明二先生，稱之「獨立派」。王陽明〈尊經閣記〉、〈象祠記〉、〈瘞旅文〉等，皆可見浩氣流行，絕去依傍的風格。

萬曆中葉以後，袁宗道、袁宏道、袁中道三兄弟主張獨抒性靈，不拘格套，稱之「公安派」。袁宏道〈西湖雜記〉即可見妙趣天然，逍遙適性的品味。鍾惺、譚元春以「幽深孤峭」的風格來補救公安派末流的「膚淺輕佻」，稱之「竟陵派」。

晚明，最出色的小品作家是張岱，他的文章兼取公安的清新，竟陵的冷峭。《陶庵夢憶》、《西湖夢尋》二書，追想平生，有繁華歡笑，也有落寞蒼涼，信筆寫來，真摯感人。

清初作家，侯方域、魏禧、汪琬，號稱「國初三大家」，其共同特色是力追韓、歐，繼踵唐、歸，下開桐城，對清代散文的發展，有很大的影響力。

乾、嘉時期，散文中有所謂「桐城」、「陽湖」二派。陽湖派的惲敬、張惠言原本從事考據、駢儷之學，受劉大櫆的影響而改治古文。其文章以「才學」為主，而不拘於「義法」，並兼取駢、散二體之長。桐城派散文家雖多，但其作品足以支配士林，橫絕一代，不過方苞、劉大櫆、姚鼐、曾國藩四人而已。方苞有《方望溪文集》十八卷傳世，劉大櫆〈論文偶記〉，姚鼐《古文辭類纂》，曾國藩〈聖哲畫像記〉，不僅為唐宋八大家的真傳，更充分發揮「古文義法」的特點。

清末，桐城、湘鄉的古文日趨沒落，代之而起是譚嗣同、梁啟超等維新人士特創的「新文體」。這種新文體是從桐城派的古文和駢文中解放出來，力求平易暢達，時或雜以偶語、韻語及外國語法，縱筆所至，不加檢束，頗便於新思想的宣揚。

往下到了民國，胡適先生提倡新文學運動，「白話文」取代「文言

文」，散文也因而更具有親切性、自然性、隨意性以及幽默風趣的特質，可以用來議論，用來敘述，用來描寫，用來抒情，都是相當方便，豐富了中國散文的各種風格。

養生主

● 莊子

題解

本文選自《莊子》內篇。「養生主」有二義：一曰養生之道以此爲主。養生主，即養生的原理原則。一曰養「生之主」——即精神。莊子活在動亂不已的戰國時代，思考在紛繁複雜的人間世中，如何能與世無忤，安然保全天性，保全自身地活著，故作此篇，敎人養生之道。

作者

莊子（約西元前三六九—前二八六年），名周，戰國時宋國蒙（今河南商邱縣）人，與梁惠王、齊宣王同時，孟子亦生於此時代。曾爲漆園吏。

莊子個性不羈，輕視名利，相傳楚威王聞其賢，曾遣使者持厚幣往聘爲相，莊子以不願爲郊祀之犧牛，寧遊戲汙瀆之中以自快爲喩，辭不就任。《史記》稱莊子「其學無所不窺，然其要本歸於老子之言」。在先秦諸子中，莊子與老子並稱，是道家的代表人物。

《莊子》一書，《漢書‧藝文志》著錄五十二篇。今本僅存三十三篇。唐玄宗尊莊子爲南華眞人，其書爲《南華眞經》，故《莊子》一書唐以後又稱《南華經》。今本三十三篇可分爲三部分：內篇七、外篇十五、雜篇十一。內篇內容一貫，體系完整，相傳爲莊周自著。外、雜篇則各自獨立，內容不一，大抵在發揮內篇思想，應是莊子後學所作，且非出自一人之手。《莊子》古注甚多，以晉郭象注本爲最古，暢達玄旨，爲世所重。清郭慶藩《莊子集釋》、王先謙《莊子集解》爲最詳，亦爲學者所推崇。

課文

　　吾生也有涯①，而知也無涯②，以有涯隨③無涯，殆已④。已而為知者⑤，殆而已矣。為善無近名，為惡無近刑⑥，緣督以為經⑦，可以保身，可以全生⑧，可以養親⑨，可以盡年⑩。

　　庖丁⑪為文惠君⑫解牛，手之所觸，肩之所倚，足之所履，膝之所踦⑬，砉然嚮然⑭，奏刀騞然⑮，莫不中音，合於桑林之舞⑯，乃中經首之會⑰。文惠君曰：「譆⑱！善哉。技蓋至此⑲乎？」庖丁釋刀對曰：「臣之所好者，道也，進乎技⑳矣。始臣之解牛之時，所見無非牛者；三年之後，未嘗見全牛也；方今之時，臣以神遇而不以目視㉑，官知止而神欲行㉒，依乎天理㉓，批大郤㉔，導大窾㉕，因其固然，技經肯綮之未嘗㉖，而況大軱㉗乎？良庖歲更刀，割也；族庖㉘月更刀，折㉙也。今臣之刀十九年矣，所解數千牛矣，而刀刃若新發於硎㉚。彼節者有間㉛，而刀刃者無厚㉜；以無厚入有間，恢恢乎㉝其於遊刃必有餘地㉞矣，是以十九年而刀刃若新發於硎。雖然，每至於族㉟，吾見其難為，怵然為戒㊱，視為止，行為遲㊲，動刀甚微，謋然已解㊳，如土委地㊴。提刀而立，為之四顧，為之躊躇滿志㊵，善刀㊶而藏之。」文惠君曰：「善哉！吾聞庖丁之言，得養生焉。」

　　公文軒㊷見右師㊸而驚曰：「是何人也？惡乎介也㊹？天與？其人與㊺？」曰：「天也，非人也。天之生是使獨也㊻；人之貌有與也㊼，以是知其天也，非人也。」

　　澤雉㊽十步一啄，百步一飲，不蘄畜乎樊中㊾，神雖王㊿，不善也[51]。

老聃�52死，秦失�53弔之，三號�54而出。弟子曰：「非夫子之友邪？」曰：「然。」「然則弔焉若此，可乎？」曰：「然。始也，吾以為其人也，而今非也�55。向吾入而弔焉，有老者哭之，如哭其子；少者哭之，如哭其母。彼其所以會之，必有不蘄言而言，不蘄哭而哭者�56。是遯天倍情�57，忘其所受�58，古者謂之遁天之刑�59。適來，夫子時也；適去，夫子順也�60。安時而處順，哀樂不能入也，古者謂是帝之縣解�61。指窮於為薪，火傳也，不知其盡也�62。」

注釋

①吾生也有涯　我們的生命有限。涯，水邊，引申為極限、窮盡之意。

②而知也無涯　而知識、心思卻無窮盡。知，知識、心思。

③隨　跟從。此處有「追逐」之意。

④殆已　殆，疲困。已，語助詞，表示果斷、確定的語氣。

⑤已而為知者　既然這樣還要向外追逐求知的活動。已，如此。

⑥為善無近名，為惡無近刑　做善事不要有求名的心；做惡事不要遭受刑戮之罰。二句主旨是說：為善、為惡都是偏執，應該清虛自守，善惡兩忘。

⑦緣督以為經　順著虛而行，以為常法。緣，順著。督，身後的中脈。經，常法中道。奇經八脈，以任督主呼吸之息，比喻中虛而無所偏倚。

⑧全生　保全天性。生，同「性」。

⑨養親　保養身體精神。老、莊思想似未曾論及養親之事。「親」，或為「身」的借字。

⑩盡年　享盡天年，完全享受上天所賦予應得的壽數。

⑪庖丁　廚師。庖，掌廚的人。丁，從事某種勞動的人，如稱園丁、門丁；一說，廚師之名。

⑫文惠君　人名，不知何許人。一說是梁惠王，戰國時魏國的國君。

⑬踦　音ㄧˇ，同「倚」，用一隻腳站立。指解牛者用膝蓋抵住牛身。

⑭砉然嚮然　砉，音ㄏㄨㄛˋ，皮骨相剝離的聲音。嚮，同「響」，聲音。

⑮奏刀騞然　用刀切入，發出騞然的聲音。奏，進。騞然，動刀時皮骨分離的聲音。騞，音ㄏㄨㄛˋ，同於「砉」，或說聲大於「砉」。

⑯合於桑林之舞　像是桑林曲的舞蹈。桑林，相傳為商湯樂曲名。

⑰乃中經首之會　又像是經首曲的節奏。經首，相傳為堯咸池樂章名。會，韻律、節奏。

⑱譆　音ㄒㄧ，同「嘻」，讚歎聲。

⑲技蓋至此　技術為何如此高明呢？蓋，音ㄏㄜˊ，借為「盍」，為何、何以之意。

⑳道也，進乎技　道，指形而上的真理。技，指形而下的普通技術。兩者相對而言，層次不同。

㉑以神遇而不以目視　用精神去體會，而不用眼睛去看。神，精神。遇，體會、接觸。

㉒官知止而神欲行　感官的作用停止，全靠心神活動。官，五官。知，主掌、主持。神欲，即精神活動。

㉓依乎天理　順著牛身上的自然紋理。依，順。天，自然。理，指皮下肌肉之間的空隙和皮膚的紋理。

㉔批大郤　劈開筋肉間的縫隙。批，擊。郤，音ㄒㄧˋ，同「隙」，間隙、縫隙。

㉕導大窾　順著骨節空虛處下手。導，循順。窾，音ㄎㄨㄢˇ，空處、孔竅。

㉖技經肯綮之未嘗　連經絡和筋骨，都沒有碰到。技，音ㄓ，當作「枝」，同「支」，指支脈，是由經脈分出呈網狀的大小分支，古代醫書稱為「絡」。經，指經脈，即人體內的縱行血管。肯，著附於骨上的肉。綮，音ㄑㄧˋ，筋肉連結的部分。嘗，碰觸。

㉗大軱　大骨。軱，音ㄍㄨ。

㉘族庖　一般的廚師。族，衆。

㉙折　斷，指以刀折骨。一說，折，猶「斫」，砍，指用刀砍骨頭。

㉚新發於硎　剛用磨刀石磨過。硎，音ㄒㄧㄥˊ，磨刀石。

㉛彼節者有閒　牛的骨節間有空隙。彼，指牛。節，骨節。閒，音ㄐㄧㄢˋ，當爲「間」字，間隙、空隙。

㉜無厚　沒有厚度，很薄。形容極爲鋒利。

㉝恢恢乎　寬廣的樣子。乎，形容詞語尾，用法與「然」相同。

㉞遊刃必有餘地　一定有多餘的地方讓刀刃運轉自如。

㉟族　指筋骨肌肉交錯盤結之處。

㊱怵然爲戒　驚懼而心生警惕。怵然，懼怕的樣子。怵，音ㄔㄨˋ。

㊲視爲止，行爲遲　眼神集中，行動緩慢。止，集中、專注。

㊳謋然已解　骨肉迅速的分解。謋，音ㄏㄨㄛˋ，同「砉」。謋然，骨肉剝離聲。

㊴如土委地　好像泥土散落在地上。

㊵躊躇滿志　從容自得，心滿意足。躊躇，音ㄔㄡˊㄔㄨˊ。

㊶善刀　擦拭刀子。善，通「繕」，拭。

㊷公文軒　複姓公文，名軒，宋國人。

㊸右師　官名。

㊹惡乎介也　爲什麼只有一隻腳呢？惡，音ㄨ，爲何。介，單獨，指一足。

㊺天與？其人與？　是天生的呢？還是人爲的呢？其，猶「抑」，還是。與，同「歟」，音ㄩˊ。

㊻天之生是使獨也　自然生來就只有一隻腳。當是「天之生使是獨也」的倒裝。是，代名詞，指右師。獨，一足。

㊼人之貌有與也　人的形貌都是上天所賦予的。

㊽澤雉　水澤畔的野雞。澤，水聚匯處。雉，鳥名，鶉雉類，形似雞，棲平原草叢間，食穀與蟲，善走，不能久飛。

㊾不蘄畜乎樊中　不期望被養在籠子裡。蘄，音ㄑㄧˊ，期。畜，音ㄒㄩˋ，養。樊，關鳥獸的籠子。

㊿神雖王　精神看起來雖然旺盛。王，音ㄨㄤˋ，同「旺」，旺盛。

(51)不善也　不喜樂。原因是「不能自遂」，不自在。

(52)老聃　即老子，春秋苦縣人，著《道德經》五千餘言，為道家鼻祖。

(53)秦失　人名，事跡不詳。失，音ㄧˋ，一本作「佚」。

�54號　音ㄏㄠˊ，大聲地哭。有聲無淚之謂號。

(55)始也三句　剛開始我以為他是世俗之人，現在才知道他不是。其，指老聃。人，一般世俗之人。秦失起初以為老聃為世俗之人，所以用世俗之禮弔祭他，後來意識到老聃非世俗之人，已回歸自然，故何必用世俗之禮哭之？

(56)不蘄言而言，不蘄哭而哭者　不預期說話卻說話了，不預期哭卻哭了。指說或哭皆非自主，而是在外在情境影響下，情緒所受的感染。蘄，預期、期待。

(57)遯夫倍情　逃避自然，違背實情。遯，逃。倍，同「背」。

(58)忘其所受　忘記我們所稟受的生命本有長短。

(59)遁天之刑　違背天理、逃避自然所受到的刑罰。

(60)適來，夫子時也；適去，夫子順也　夫子偶然而來，乃應時而生；夫子偶然而去，乃順理而死。適，偶然。來，生。去，死。

(61)帝之縣解　自然解除倒懸著的束縛。言人生在世，必有生死哀樂的繫累，其痛苦有如倒懸，惟能生死哀樂不入於胸次者，則繫累自然解開，所以說懸解。帝，指天、自然。縣，音ㄒㄩㄢˊ，即「懸」的本字。

(62)指窮於為薪，火傳也，不知其盡也　塗了脂膏的薪柴雖會燃燒完畢，但是火卻可傳續下去，沒有盡頭。古時，以薪材塗脂燃燒。全句以薪喻形體，火喻精神。形體雖滅，而精神不死。指，借為「脂」，即脂膏，動物的脂肪。薪，柴。

賞析

　　莊子是道家的代表人物，〈養生主〉這篇文章是《莊子》一書內篇的第三篇，談莊子人生哲學中的養生之道。什麼是莊子的養生呢？莊子的養

生是要養我們的精神，而不只是形體。養生之道何在？簡單來說就是要順應自然而不滯情於萬物，與時推移而不違反天則。只要能順應自然，放下我們執著的心，那麼不論生與死，生命都會是一個大自在。

本文爲展示這個主旨，採用「總提分敘」的佈局，共分五段：首段總提養生的基本原則——「緣督以爲經」，此爲全篇之總綱領。指出人在生有涯知無涯及善惡糾葛中，當循順中虛之道，順應自然以保養精神。二段以下連採五則寓言，從不同面相來說明養生之道。「庖丁解牛」是莊子著名的寓言，這一段告訴我們在複雜的人間世中求生存，而生命不受傷害之道在順應自然，多用精神體會。這個寓言背後的寓義，筋骨盤結交錯的牛，其實是比喻複雜的人間世，而刀刃是比喻我們的生命。以刀刃解牛而不使刀刃受傷，說的是我們如何在複雜的人間世中求存而不使生命受傷。「庖丁解牛」告訴我們的養生之道是——養生要「依乎天理」，凡事順其自然，勿強行妄爲。「以神遇而不以目視」，看事情要有「觀照」的智慧，不要只相信肉體的眼睛，要多用精神去體會。此外，要保持心理上的警覺（「怵然爲戒」），還要有行爲上的收斂，勿鋒芒外露（「善刀而藏之」）。

第二個寓言「公文軒見右師」一段的主題，告訴我們養生要破除對外形殘全的執著，要達觀形體的殘缺，樂天安命，無所怨尤。通常「介」——一足，是犯罪遭刑罰的結果，問題是人間世如一複雜的刑罰，所以被罰之人也不一定真犯罪，所以我們不要以貌取人。兩隻腳自然，一隻腳也自然。所以當只有一隻腳時，就不要執著一定要有兩隻腳。何況有些人形體雖殘缺，心靈卻完善；相反的，有些人形體雖美好，心靈卻殘缺，前者毋寧是更可貴的。所以莊子要我們養生不要把太多心思放在形體上，因爲有比形體更可貴、重要的東西存在，那就是我們的「精神」。

第三個寓言「澤雉不入樊中」，是以澤雉寧可十步一啄而不入樊籠，比喻養生之人不應陷溺物質欲望中而喪失自由。我們常因物質的享受與誘惑而桎梏我們的心靈，一輩子汲汲營營，就好比澤雉爲了吃喝而入樊籠。而澤雉爲何不入樊籠？因爲牠清楚的知道，如果爲了物質享受而入樊籠，那麼牠就會喪失更寶貴的東西——自由，除了喪失精神的自由，最後的下

場一定是被殺，連生命也沒了。

第四個寓言「老聃死，秦失弔之」一段，在說明養生之道以達觀生死為最高境界，安時處順，如此一切痛苦皆可解脫。對生的依戀和對死的恐懼，是人類的最大欲望。但死亡卻是人類無可避免的路，因此莊子要我們以達觀的心情、灑脫的心境，來化解對死亡的恐懼，視死亡如來去，靜觀生命在我們身上所發生的一切，順其自然，不執著，不強求，如此就可以養生。

第五個寓言「指窮於為薪，火傳也，不知其盡也。」薪，木柴，比喻我們的形體。火，比喻我們的精神。薪燒盡了，火繼續傳下來，比喻形體毀滅了，精神卻不死。乃是以薪盡火傳說明形滅神生，養生不必執著於形體之生。

莊子的文章，以寓言著名。寓言是有所寄託的言論——假借一則故事，表達一個觀念，透過隱喻，使文章多一層曲折和意味，和更豐富的想像空間，這是高度的文學藝術，也是莊子文字魅力之所在，令人忘記他其實是在訴說著嚴肅人生哲理。文中「庖丁解牛」、「薪盡火傳」等成語，「生有涯，知無涯」等名句，更是膾炙人口的傳世之寶，令人印象深刻。

問題討論

一、〈養生主〉全篇的主旨為何？

二、分析「庖丁解牛」一段中所用的象徵的表達手法，並說明其中所蘊含的養生之道。

三、由「澤雉不入樊中」一段，談論莊子在物質欲望與精神自由之間如何取捨的智慧。

四、由「老聃死秦失弔之」一段，談論道家哲學中的生死觀。

延伸閱讀

一、《莊子今註今譯》（新版）：陳鼓應註釋，臺北：臺灣商務，二〇一

一年。

二、《莊子哲學》：陳鼓應著，臺北：臺灣商務，二〇一〇年。

三、《莊子四講》：畢來德著、宋剛譯，臺北：聯經，二〇一一年。

四、《莊子內七篇・外秋水・雜天下的現代解讀》：王邦雄著，臺北：遠流，二〇一三年。

五、《莊子解讀：新世紀繼往開來的思想經典》：傅佩榮著，臺北：立緒，二〇一二年。

秦晉殽之戰

● 左傳

題解

　　春秋時代是一個列強爭霸的時代，齊桓公之後晉文公繼起，而遠在西方的秦國亦期望有所成就，於是展開了一連串的爭奪之戰。本文所敘述的便是奠定晉國稱霸諸侯的戰役——秦晉殽之戰。導致秦晉交戰的原因可從魯僖公三十年（西元前六三〇年）的「燭之武退秦師」事件說起，透過「蹇叔哭師」、「弦高犒師」一步步近逼，把秦國欲東進發展的野心表露無疑，然終究在「殽山」為晉所大敗，也促使晉國的地位更穩固，而秦國的氣焰也暫消退。

作者

　　《左傳》原名《左氏春秋》，後人將它配合《春秋》作為解經之書，稱《春秋左氏傳》，簡稱《左傳》。它與《春秋公羊傳》、《春秋穀梁傳》合稱「春秋三傳」，都是闡發孔子《春秋》微言大義的專書。但是，《公羊傳》和《穀梁傳》純用義理解經，而《左傳》則以敘事為主，實質上是一部獨立撰寫的史書。

　　《左傳》的作者，司馬遷和班固都說是魯國太史左丘明。《論語·公冶長》提到左丘明說：「子曰：巧言、令色、足恭，左丘明恥之，丘亦恥之。匿怨而友其人，左丘明恥之，丘亦恥之。」因此，有人認為左丘明與孔子同時代，是孔子所尊重的賢人。但是，唐代以後，頗有異議，認為《左傳》是戰國初年無名氏的作品。

　　《左傳》記載魯隱公元年（西元前七二二年）至魯哀公二十七年（西元前四六八年）春秋時期各國的政治、經濟、軍事和文化等方面，真實的

反映了時代面貌，是研究中國古代歷史很有價值的文獻。《左傳》的文章優美，敘事傳神生動而多變化，說理明晰條暢又有層次，甚具文學欣賞價值，更爲歷來讀書人所喜愛。

課文

燭之武退秦師

僖公三十年①九月甲午，晉侯、秦伯圍鄭②，以其無禮於晉③，且貳於楚④也。晉軍函陵，秦軍氾南。

佚之狐言於鄭伯曰：「國危矣，若使燭之武見秦君，師必退。」公從之。辭曰：「臣之壯也，猶不如人，今老矣，無能為也已。」公曰：「吾不能早用子，今急而求子，是寡人之過也。然鄭亡，子亦有不利焉！」許之，夜縋⑤而出。

見秦伯，曰：「秦晉圍鄭，鄭既知亡矣。若亡鄭而有益於君，敢以煩執事⑥。越國以鄙遠，君知其難也⑦，焉用亡鄭以陪鄰⑧？鄰之厚，君之薄也⑨。若舍鄭以為東道主⑩，行李⑪之往來，共其乏困⑫，君亦無所害。且君嘗為晉君賜矣，許君焦瑕，朝濟而夕設版焉⑬，君之所知也。夫晉何厭之有？既東封鄭，又欲肆其西封⑭；不闕秦，焉取之⑮？闕秦以利晉，唯君圖之！」秦伯說，與鄭人盟，使杞子、逢孫、楊孫戍之，乃還。

子犯請擊之。公曰：「不可，微夫人之力不及此⑯。因人之力而敝之，不仁⑰；失其所與，不知⑱；以亂易整，不武⑲；吾其還也！」亦去之。

蹇叔哭師

三十二年冬，晉文公卒。庚辰，將殯於曲沃；出絳，柩有聲如牛。卜偃使大夫拜，曰：「君命大事⑳，將有西師過軼我㉑，擊之，必大捷焉。」

杞子自鄭使告於秦，曰：「鄭人使我掌其北門之管㉒，若潛師㉓以來，國可得也。」穆公訪諸蹇叔。蹇叔曰：「勞師以襲遠，非所聞也；師勞力竭，遠主備之，無乃不可乎？師之所為，鄭必知之；勤而無所，必有悖心㉔。且行千里，其誰不知？」公辭焉；召孟明、西乞、白乙，使出師於東門之外。蹇叔哭之，曰：「孟子，吾見師之出，而不見其入也！」公使謂之曰：「爾何知，中壽，爾墓之木拱矣㉕。」

蹇叔之子與師㉖，哭而送之，曰：「晉人禦師必於殽，殽有二陵焉；其南陵，夏后皋之墓也；其北陵，文王之所辟風雨也。必死是間，余收爾骨焉。」秦師遂東。

弦高犒師

三十三年春，秦師過周北門，左右免冑而下㉗，超乘㉘者三百乘。王孫滿尚幼，觀之，言於王曰：「秦師輕而無禮㉙，必敗。輕則寡謀，無禮則脫；入險而脫㉚，又不能謀，能無敗乎？」

及滑，鄭商人弦高將市㉛於周；遇之，以乘韋先牛十二犒師㉜，曰：「寡君聞吾子㉝將步師出於敝邑㉞，敢犒從者㉟；不腆㊱敝邑，為從者之淹㊲，居則具一日之積㊳，行則備一夕之衛㊴。」且使遽告於鄭㊵。

　　鄭穆公使視客館[41]，則束載厲兵秣馬[42]矣。使皇武子辭焉，曰：「吾子淹久於敝邑，唯是脯資餼牽竭矣[43]。為吾子之將行也，鄭之有原圃[44]，猶秦之有具囿[45]也；吾子取其麋鹿，以閒敝邑，若何[46]？」杞子奔齊，逢孫、楊孫奔宋。孟明曰：「鄭有備矣，不可冀也。攻之不克，圍之不繼，吾其還也。」滅滑而還。

晉敗秦師於殽

　　晉原軫[47]曰：「秦違蹇叔而以貪勤民，天奉我也[48]。奉不可失，敵不可縱；縱敵患生，違天不祥；必伐秦師。」欒枝曰：「未報秦施而伐其師，其為死君乎[49]？」先軫曰：「秦不哀吾喪，而伐吾同姓[50]，秦則無禮，何施之為？吾聞之：一日縱敵，數世之患也。謀及子孫，可謂死君乎？」遂發命，遽興姜戎。子墨衰絰[51]，梁弘御戎，萊駒為右。夏四月辛巳，敗秦師於殽，獲百里孟明視、西乞術、白乙丙以歸。遂墨以葬文公。晉於是始墨[52]。

　　文嬴[53]請三帥，曰：「彼實構吾二君[54]，寡君若得而食之，不厭[55]；君何辱討焉[56]？使歸就戮於秦，以逞寡君之志，若何？」公許之。先軫朝，問秦囚。公曰：「夫人請之，吾舍之矣。」先軫怒曰：「武夫力而拘諸原，婦人暫而免諸國[57]，墮軍實而長寇讎[58]，亡無日矣！」不顧而唾[59]。公使陽處父追之，及諸河，則在舟中矣。釋左驂[60]以公命贈孟明；孟明稽首曰：「君之惠，不以纍臣釁鼓[61]，使歸就戮於秦。寡君之以為戮，死且不朽[62]；若從君惠而免之，三年將拜君賜[63]。」

　　秦伯素服郊次[64]，鄉師而哭[65]，曰：「孤違蹇叔，以辱二三

子，孤之罪也。」不替孟明⑯。「孤之過也，大夫何罪？且吾不以一眚掩大德⑰！」

注　釋

①僖公三十年　《春秋》、《左傳》以魯史紀年，僖公三十年，即西元前
　六三〇年。
②晉侯、秦伯圍鄭　僖公三十年，因鄭違踐土王宮之盟，私近於楚，晉軍
　與秦軍共圍鄭。晉侯，晉文公重耳；秦伯，秦穆公任好。魯僖公五年，
　晉國有驪姬之亂，殺其世子申生，諸公子出亡，公子重耳亡命在外十九
　年，後因得秦穆公之助，返國即位，是為文公。文公知人善任，平定周
　室內亂，大破楚軍於城濮，遂霸諸侯。
③無禮於晉　文公出亡時過鄭，鄭文公不加禮遇。
④貳於楚　對晉有貳心，而與楚國友好。
⑤縋　音ㄓㄨㄟˋ，與「墜」同，懸城而下。
⑥敢以煩執事　那就勞煩您的大軍去滅鄭國吧！此反逼之詞。執事，原指
　辦事之官吏，此指秦伯本人。
⑦越國以鄙遠，君知其難也　越過晉國，去開拓遠方的疆域，陛下您知道
　那是很難的。鄙遠，偏遠的邊邑。
⑧亡鄭以陪鄰　滅亡鄭國，以增長晉國的土地。陪，原作「倍」，增益。
　鄰，指晉國。
⑨鄰之厚，君之薄也　晉國的土地增長，秦國也就相形薄弱了。
⑩東道主　東方旅途上的主人，鄭在秦之東，所以這麼說。
⑪行李　行人之官，猶今之外交使節。
⑫共其乏困　供給其缺乏的館舍資糧。共，同「供」。
⑬許君焦瑕，朝濟而夕設版焉　此謂晉惠公應允秦國之事。焦、瑕為晉許
　賂秦「河外五城」之二邑。惠公朝濟河入晉，夕即設版築牆以拒秦，言
　背秦之速。濟，渡河。
⑭既東封鄭，又欲肆其西封　既向東方奪走了鄭國的土地，勢必又想擴大
　其西方的領域。封，闢疆、疆土。肆，擴大。

⑮不闕秦，焉取之　不削小秦地，將如何取得西方的疆土。闕，削小、侵奪。

⑯微夫人之力不及此　沒有那個人的幫助，我就沒有今天的地位。微，無。夫人，彼人，指秦穆公。

⑰因人之力而敝之，不仁　借助別人的力量，反而背棄他，是不仁義的。敝，背棄。

⑱失其所與，不知　失去同盟之國，是不聰明的。與，親善之國。知，同「智」。

⑲以亂易整，不武　用戰爭來代替整合，是沒有武德的。

⑳君命大事　先君指示，晉將有戰事。

㉑西師過軼我　秦國的軍隊將越過晉國的邊境。西師，指秦師。過軼，超過。

㉒掌其北門之管　掌管鄭國北城門的鑰匙。管，鎖鑰。

㉓潛師　暗中派兵。

㉔勤而無所，必有悖心　勞動而無所獲，軍士必有悖慢之心。

㉕中壽，爾墓之木拱矣　您如果中壽就死去，墓上的樹木已可雙手合抱了。此暗罵蹇叔衰老昏憒不可用。中壽，不過六十歲。

㉖與師　參與軍隊。

㉗左右免冑而下　秦軍兵車上的衛兵都脫去頭盔，下車步行。冑，頭盔。免，脫去。免冑而下者，示敬也。

㉘超乘　跳躍而上車。示勇也。

㉙輕而無禮　行為輕佻而沒有禮範。

㉚脫　疏忽。

㉛市　買賣貨物。

㉜乘韋先牛十二犒師　先送四張皮革，隨後再送十二頭牛來犒賞秦軍。乘，四。韋，熟皮。古者獻贈於人，輕先重後。韋輕牛重，故弦高先獻四張熟革。

㉝寡君聞吾子　寡君，謙稱本國之君寡德。吾子，你們、各位。吾，相親之詞。子，男子之美稱。

㉞步師出於敝邑　行軍經過本國。

㉟敢犒從者　特地派我來犒勞將軍的部下。

㊱不腆　不富有。腆，音ㄊㄧㄢˇ，厚。

㊲淹　滯留，遲久。

㊳居則具一日之積　如果留居於鄭，就爲你們準備一天的糧草。積，芻米茱薪。

㊴行則備一夕之衛　如果逕行通過鄭國，就爲你們守夜警戒。

㊵且使遽告於鄭　同時派人快馬迅速通知鄭君。遽，傳車，猶後代之驛馬。

㊶使視客館　使人前往杞子等所住館舍，偵查動靜。

㊷束載厲兵秣馬　整治車乘，磨利兵刃，餵飽馬匹，正待秦兵之至，以爲內應。

㊸脯資餼牽竭矣　肉類糧穀都吃光了。脯，肉乾。資，糧穀。餼，音ㄒㄧˋ，生肉。牽，牛羊之屬。

㊹原圃　鄭畜養禽獸之所。

㊺具囿　秦畜養禽獸之所。

㊻取其麋鹿，以閒敝邑，若何　杜注：「使秦戍自取麋鹿以爲行資，令敝邑得閒暇。若何，猶如何。」故爲商量之辭，以示知其情。

㊼原軫　即先軫，食采於原故云。晉大夫，忠勇多謀，文公時將中軍，敗楚師於城濮，功最大。

㊽天奉我也　上天給我們的機會。奉，與、助。

㊾其爲死君乎　難道是因爲文公已死，就忘了他的遺命嗎？其，豈。君，指晉文公，晉文公有「微夫人之力」云云。

㊿同姓　指滑國。滑與晉均姬姓。

51子墨哀絰　晉襄公將喪服染黑，再披上麻布腰帶。子，指晉襄公。文公未葬，故稱「子」。衰，音ㄘㄨㄟ，白色喪服。絰，音ㄉㄧㄝˊ，麻布。行軍時穿孝服顯得不吉利，於是將衰服染黑，束上麻布腰帶。

52晉於是始墨　從這場戰役後，穿黑色喪服成爲晉人的習俗。

53文嬴　文，諡。嬴，姓。從先夫諡爲文嬴。晉文公在秦時，穆公妻以宗室之女，即襄公之嫡母。

54彼實構吾二君　他們實在使我們秦晉二國的國君結怨。構，構釁，挑撥離間。

�555不厭　不會感到滿足。厭，同「饜」，滿足之意。

㊌56君何辱討焉　那裡用得著勞動陛下去殺他們呢？

㊍57武夫力而拘諸原，婦人暫而免諸國　將士們竭盡心力才在戰場上把他們捉來，一個女人倉促間講了幾句話，就把他們從國內放走了。原，戰場。暫，倉促之間。

㊎58墮軍實而長寇讎　毀損了晉國的軍力，而助長了敵人的勢力。

㊏59不顧而唾　不顧君臣之禮，而辱罵他。一說，不顧襄公在前，唾沫於地以辱之。

㊐60釋左驂　解下左外側的馬匹。

㊑61不以纍臣釁鼓　不殺死我們這些俘虜。纍，囚犯。釁，以牲血塗於器皿。

㊒62死且不朽　就算死了，也永不忘晉君的恩德。

㊓63三年將拜君賜　三年後，我們將來拜謝晉君的恩惠。言外之意，將來復仇。

㊔64素服郊次　穿著素服，在郊外等候。示重憂也。

㊕65鄉師而哭　迎向敗軍而痛哭。鄉，與「嚮」同。

㊖66不替孟明　不撤換孟明。

㊗67一眚掩大德　因小過失而抹殺偉大的功勞。眚，音ㄕㄥˇ，本指眼疾，引申為「過失」。

賞析

　　《左傳》是一本擅於描繪戰爭，重視外交辭令運用的專著，它寫戰爭並不只著眼在戰爭本身，而是著重從政治角度去評論戰爭，分析戰爭的規律，為治國治軍提供有益的經驗。寫外交辭令，則把人物的身分、應對的態度與用辭的精準融合在文章中，成功的突顯每個人物的特質，達到完美的效果。

燭之武退秦師

　　文章一開頭便點明了秦晉圍鄭的原因，「以其無禮於晉，且貳於楚

也」，把晉鄭之間的宿怨交代得很清楚，同時也透露秦國助晉的背後目的。至於佚之狐的「若使燭之武見秦君，師必退」，則點出了佚之狐的知人之明。而鄭文公接納雅言，並放低身段委曲求全，也透露了燭之武本身的能耐。

至於第三段是本文的重點，也是最精彩之處。燭之武能洞悉秦君的心思，並巧妙的運用語言邏輯能力，同時展現自己深厚的歷史觀，充分達到知己知彼，百戰百勝的能耐，利用「亡鄭陪鄰」、「舍鄭以爲東道主」、「晉背秦德」、「闕秦利晉」四個理由，看似句句爲秦國謀略，深深打動秦君，產生很大的效應。以形勢的利害來誘導別人，這在外交詞令的運用上是極爲成功且重要的方法。

最後秦君在燭之武的催化下，改變了與晉國合攻的計劃，而轉與鄭國結盟，又派杞子、逢孫、楊孫等人共同協防鄭國。對燭之武此行而言，則達成了三贏的局面，除解決了鄭國的燃眉之急，使秦君眼下得利，同時也證明了自己的寶刀未老；然而也間接埋下了日後秦晉之戰的導火線。

蹇叔哭師

本段以晉君的遺命爲開端，表明了先前的忍耐實爲找到一個可以擊敗秦軍的理由，因是遺命，使國內大臣更不疑有它，而能全力以赴。

至於蹇叔是整個「秦晉殽之戰」中最關鍵的人物。晉所以獲勝，秦所以失敗，都在他的預料之中。通過蹇叔的言行，可以看出他卓越的遠見與忠心耿耿。秦君的短視近利，企圖千里襲遠，看在蹇叔這個老臣的眼裡，正是自取滅亡的最佳寫照，同時也體現出：戰爭的勝負往往在一開始就已經決定好了。

弦高犒師

本文先從秦軍的素質談起，從年紀尚幼的王孫滿（春秋時代擅長辭令的政治家）眼中，觀察出秦軍的驕縱輕敵與軍紀渙散，而有「輕則寡謀，無禮則脫；入險而脫，又不能謀，能無敗乎」這樣的立論，與蹇叔的說詞前後呼應，足見秦軍是非敗不可。

其次，以弦高的愛國心帶動故事的合理性，使鄭國有機會將駐紮在此的杞子等三將驅趕走，也斷了秦軍滅鄭的遐想。

晉敗秦師於殽

晉出兵擊秦所持的理由有四項：以「秦違蹇叔，而貪勤民」乃是其不義之因；而「秦不哀吾喪，而伐吾同姓」，則指出秦軍伐鄭的不義舉動；至於「秦則無禮，何施之為」是表明晉軍對這場戰爭的決心；最後以「一日縱敵，數世之患也。謀及子孫，可為死君乎！」為自己出兵提供正當性與必要性，同時表示它所形成的深遠影響。

文嬴請放三帥一段，則掀起了另一個高潮。從先軫發怒，居然不顧君臣尊卑，直呼其為「婦人」，還「不顧而唾」，反映了先軫的直率和粗魯，日後必遭君主忌恨，埋下殺機，而孟明等人辭行的話，則透露了他們會再來復仇的決心。穆公不文過飾非，勇於自責，更是執政者最佳的政治表現。這也正說明了《左傳》是很注重文章的前後照應，同時更擅於運用伏筆，舖排成經典的故事。

問題討論

一、請就所知說明燭之武退秦的理由為何？

二、蹇叔何以哭師？

三、請說明導致秦師失敗的原因有哪些？

四、根據此篇文章，你認為能否與我們的日常生活做結合？你最欣賞誰？請說說你的看法。

延伸閱讀

一、《古文觀止鑑賞》：張高評主編，臺南：南一書局，一九九九年。

二、《古文鑒賞集成》：吳功正主編，臺北：文史哲，一九九四年。

三、《古典文學名篇賞析（一）》：臺北：木鐸，一九八八年。

四、《左傳的故事》：左丘明原著、秦漢唐編著，臺北：文經閣，二〇一〇年。

五、《從左傳說說春秋時代列國事》：顏平原著，臺北：河中文化，二〇一五年。

垓下之圍

● 司馬遷

題解

　　本文節錄自《史記・項羽本紀》。敘述西楚霸王項羽的英雄末路，由身陷垓下，四面楚歌，慷慨別姬，乃至潰圍、斬將、刈旗，終至烏江自刎的壯烈歷史。

　　司馬遷將黃帝以下，直到當代的帝王或地位相當於帝王的人物，編成〈五帝本紀〉等十二篇，項羽本非帝王，太史公以項羽在秦漢之際，號令天下，政由羽出，實為政權所在，所以為其立本紀，表示尊重史實和不以成敗論英雄的歷史觀。

作者

　　司馬遷（西元前一四五—前八六年），字子長，西漢夏陽（今陝西韓城縣）人。其父司馬談學問廣博，曾著〈論六家要旨〉，批評儒、墨、名、法和陰陽家，讚揚道家。漢武帝即位後，司馬遷隨父到長安，與董仲舒學習公羊派《春秋》，孔安國學習古文《尚書》。二十歲開始南遊名山大川，為寫作史書做大量準備。後來，承續父職，任太史令。四十二歲時，因李陵案而遭到腐刑，於是發憤著書，歷十七年而完成《史記》。

　　《史記》由十二「本紀」、三十「世家」、七十「列傳」、十「表」、八「書」五部分組成。其中「紀」記載帝王，「世家」記載侯國，「列傳」記載人物，「表」、「書」記載典章制度。記載上起黃帝，下到漢武帝的歷史，計一百三十篇，五十二萬餘字。書內關於政治、文化、經濟、地誌、禮樂、文藝、官制、律曆等，無不備載。是中國數千年最偉大的著作，確立了「正史」的體裁，為紀傳體之祖。

課文

項王軍壁①垓下②，兵少食盡，漢軍及諸侯兵圍之數重。夜，聞漢軍四面皆楚歌③。項王乃大驚，曰：「漢皆已得楚乎？是何楚人之多也？」項王則夜起，飲帳中。有美人名虞④，常幸從；駿馬名騅⑤，常騎之。於是項王乃悲歌慷慨⑥，自為詩曰：「力拔山兮氣蓋世⑦！時不利兮騅不逝！騅不逝⑧兮可奈何！虞兮虞兮奈若何⑨？」歌數闋，美人和之⑩，項王泣數行下。左右皆泣，莫能仰視。

於是項王乃上馬騎，麾下⑪壯士騎從者八百餘人，直夜，潰圍南出，馳走。平明，漢軍乃覺之，令騎將灌嬰⑫以五千騎追之。項王渡淮⑬，騎能屬者百餘人耳。項王至陰陵⑭，迷失道，問一田父⑮。田父紿⑯曰：「左！」左，乃陷大澤中，以故漢兵追及之。項王乃復引兵而東，至東城⑰，乃有二十八騎，漢騎追者數千人。項王自度不得脫，謂其騎曰：「吾起兵至今八歲矣，身七十餘戰，所當者破，所擊者服，未嘗敗北，遂霸有天下。然今卒困於此，此天之亡我，非戰之罪也！今日固決死，願為諸君快戰，必三勝之，為諸君潰圍、斬將、刈旗⑱，令諸君知天亡我，非戰之罪也！」乃分其騎以為四隊，四嚮⑲。漢軍圍之數重。項王謂其騎曰：「吾為公取彼一將。」令四面騎馳下，期山東為三處。於是項王大呼馳下，漢軍皆披靡⑳，遂斬漢一將。是時，赤泉侯㉑為騎將，追項王，項王瞋目叱之㉒，赤泉侯人馬俱驚，辟易㉓數里。與其騎會為三處，漢軍不知項王所在，乃分軍為三，復圍之。項王乃馳，復斬漢一都尉，殺數十百人，復聚其騎，亡其兩

騎耳。乃謂其騎曰：「何如？」騎皆伏曰：「如大王言。」

於是項王乃欲東渡烏江。烏江亭長艤船待㉔，謂項王曰：「江東雖小，地方千里，眾數十萬人，亦足王也，願大王急渡。今獨臣有船，漢軍至，無以渡。」項王笑曰：「天之亡我，我何渡為？且籍與江東子弟八千人渡江而西，今無一人還。縱江東父兄憐而王我，我何面目見之？縱彼不言，籍獨不愧於心乎？」乃謂亭長曰：「吾知公長者。吾騎此馬五歲，所當無敵，嘗一日行千里，不忍殺之，以賜公。」乃令騎皆下馬步行，持短兵接戰。獨籍所殺漢軍數百人，項王身亦被十餘創㉕。顧見漢騎司馬呂馬童㉖，曰：「若非吾故人乎？」馬童面之㉗，指王翳曰：「此項王也。」項王乃曰：「吾聞漢購我頭千金㉘，邑萬戶，吾為若德。」乃自刎㉙而死。

注釋

①壁　本意是軍營，此處當做動詞，屯駐的意思。

②垓下　地名。在今安徽靈壁縣東南。

③四面皆楚歌　楚歌，南方楚地的歌謠。本來是漢軍所運用的一種思鄉心理戰術。後來比喻環境險惡，備受困迫的意思。

④美人名虞　項羽的愛姬，亦稱虞美人。

⑤騅　音ㄓㄨㄟ，蒼白雜黑的馬，善於行走。

⑥慷慨　意氣激昂的意思。

⑦氣蓋世　形容氣勢非凡，天下無人可以抗衡。

⑧逝　去或往的意思。

⑨奈若何　你怎麼辦呢？若，你的意思。

⑩美人和之　據《楚漢春秋》記載虞美人和歌云：「漢兵已略地，四方楚歌聲，大王意氣盡，賤妾何聊生！」

⑪麾下　部下。麾，音ㄏㄨㄟ，古時軍用的一種旗子。

⑫灌嬰　睢陽人，年輕時以賣布為業，後跟隨漢高祖，累建功績，被封為穎陰侯。呂后之亂，和陳平、周勃殺呂姓，立文帝，因有功升太尉的官職，周勃免除相職之後，灌嬰接任。

⑬淮　淮水，也稱淮河，源出於河南桐柏山，經安徽到江蘇入海。

⑭陰陵　地名，在今安徽定遠縣西北六十里。

⑮田父　農夫。父，音ㄈㄨˇ。

⑯給　音ㄉㄞˋ，欺騙。

⑰東城　秦地名，在今安徽定遠縣東南。

⑱刈旗　砍倒敵軍的大旗。刈，音ㄧˋ，割斷。

⑲嚮　音ㄒㄧㄤˋ，同「向」。

⑳披靡　軍隊潰散敗亂的樣子。

㉑赤泉侯　指楊喜，漢華陰人。

㉒瞋目叱之　張大眼睛，大聲叱罵他。瞋，音ㄔㄣ，張大眼睛生氣的樣子。叱，音ㄔˋ，大聲叱責。

㉓辟易　驚嚇而後退。

㉔烏江亭長檥船待　烏江，渡口名，在今安徽和縣東北，今名烏江浦。亭，秦時十里一亭，十亭一鄉。亭有亭長，職責是捕緝盜賊。檥，音ㄧˇ，也作「艤」，移動船到岸邊。

㉕創　傷口。

㉖呂馬童　原是項羽屬下，後投靠漢王劉邦，官位司馬。

㉗面之　以背相對而不以臉面對。

㉘千金　漢以一斤黃金為千金，當是一萬錢。

㉙刎　音ㄨㄣˇ，用刀割頸自殺。

賞析

　　〈垓下之圍〉一文，其精彩處可分四部分敘述。第一部分為四面楚歌，虞姬自刎。第二部分為農夫指路，陷入沼澤。第三部分感嘆「天之亡

我，非戰之罪也」。第四部分自刎烏江，將頭贈與故人。

第一部分：項羽軍壁垓下時，面對四面楚歌的絕境，面對其深愛的女子，只能道出「虞兮虞兮奈若何！」，應有說不出的千種悲愁。對此人間男女情感，項羽「泣下」，之後，虞姬爲了不讓項羽有負擔，自刎於軍帳內，其與項羽相知相惜之情，實屬難得，也可看出項羽多情性格的一面。

第二部分：項羽衝出重圍，走到陰陵迷路，見一農夫，向其問路，而被農夫所騙。司馬遷藉著「農夫」這個純樸的身份，以欺瞞之心「指路」，來表達政治的權力鬥爭中項羽的純眞，項羽的鬥志雖不減，但對人性當有一番澈底的醒悟。項羽當時絕沒料到連最樸實的農夫，都欺騙了他，這是對人性的幻滅。

第三部分：司馬遷藉著前兩處的描寫，已然一點一滴剝奪了項羽對人的信心。心愛的女人，終究不得長守；將不純樸的農夫，當成指點迷津的貴人，而陷入沼澤。聰明的項羽在此刻對人性已有一番體悟，但對武力仍有一番執著，所以他在孤軍奮戰的情景下，他豪情干雲的說：「此天之亡我，非戰之罪也！」此刻的項羽，即使有戰鬥力，但無權力、無人可指使，又當如何？要萬夫莫敵，在於了解人性，而不在於以一個人拼命的鬥力來面對群眾。事實上，項羽走入絕境，「即戰之罪也」！

第四部分：在最後的「短兵接戰」之後，項羽與故人呂馬童相逢，呂馬童曾是自己屬下，後來背叛他；項羽面對一連串的人性背叛之後，已透澈了解人性，所以面對好心亭長的美意，他能以「笑」來作答，此笑當是「滄海一笑」，笑得自在。面對呂馬童，他也能淡然處之，不怨不怒地瀟灑說出「吾聞漢購我頭千金，邑萬戶，吾爲若德」的慷慨情懷，那寬宏的氣量，將情字表現得淋漓盡致，是否東山再起已經不重要了！

讀《史記》的〈鴻門宴〉，可明瞭此宴項羽未能及時殺劉邦，導致劉邦後來握有天下的局勢，而〈垓下之圍〉則是項羽走入絕境的主要戰役。司馬遷於字裏行間，表現出無限惋惜和同情的心態，同時又於敘事中暗寓論斷，如文中項羽言「此天之亡我，非戰之罪也」，來搪塞自己的失敗，其實這正是項羽失敗的原因之一。吾人讀史至此，豈不爲項羽掩卷三歎！

問題討論

一、《史記》的內容如何？這本史書的意義何在？

二、項羽沒有做過帝王，司馬遷為何將他列入「本紀」？這反映了怎樣的歷史觀？

三、項羽失敗的原因真如項羽所說的「天之亡我，非戰之罪也」嗎？

四、試從「垓下之圍」談論項羽的性格。

五、「垓下之圍」中的虞姬、農夫、呂馬童三位人物，各有何意義？

延伸閱讀

一、《史記評賞》：賴漢屏著，臺北：三民，二〇一一年。

二、《文白對照全譯史記》：楊鍾賢譯注，臺北：國際，一九九二年。

三、《史記：英雄的史詩》：蔡志忠漫畫，臺北：時報，一九九二年。

四、《司馬遷和史記》：胡佩韋著，臺北：國文天地，一九九一年。

五、《史記中的處事學》：簡吉著，臺北：大眾，一九八六年。

六、《從《史記》到《漢書》：轉折過程與歷史意義》：呂世浩著，臺北：臺大出版中心，二〇〇九年。

【附錄】

〈項羽本紀首段與太史公曰〉

項籍者，下相人也，字羽。初起時，年二十四。其季父項梁，梁父即楚將項燕，為秦將王翦所戮者也。項氏世世為楚將，封於項，故姓項氏。

項籍少時，學書不成，去學劍，又不成。項梁怒之。籍曰：「書足以記名姓而已。劍一人敵，不足學，學萬人敵。」於是項梁乃教籍兵法，籍大喜，略知其意，又不肯竟學。項梁嘗有櫟陽逮，乃請蘄獄掾曹咎書抵櫟陽獄掾司馬欣，以故事得已。項梁殺人，與籍避仇於吳中。吳中賢士大夫皆出項梁下。每吳中有大繇役及喪，項梁常為主辦，陰以兵法部勒賓客及子弟，以是知其能。秦始皇帝游會稽，渡浙江，梁與籍俱觀。籍曰：「彼

可取而代也。」梁掩其口,曰:「毋妄言,族矣!」梁以此奇籍。籍長八尺餘,力能扛鼎,才氣過人,雖吳中子弟皆已憚籍矣。

太史公曰:吾聞之周生曰「舜目蓋重瞳子」,又聞項羽亦重瞳子。羽豈其苗裔邪?何興之暴也!夫秦失其政,陳涉首難,豪傑蠭起,相與並爭,不可勝數。然羽非有尺寸乘埶,起隴畝之中,三年,遂將五諸侯滅秦,分裂天下,而封王侯,政由羽出,號為「霸王」,位雖不終,近古以來未嘗有也。及羽背關懷楚,放逐義帝而自立,怨王侯叛己,難矣。自矜功伐,奮其私智而不師古,謂霸王之業,欲以力征經營天下,五年卒亡其國,身死東城,尚不覺寤而不自責,過矣。乃引「天亡我,非用兵之罪也」,豈不謬哉!

母　者

—● 簡媜

題解

〈母者〉一文為簡媜獲得西元一九九二年「時報文學獎」散文首獎的
作品，原載於西元一九九二年十月《中國時報》「人間」副刊，後收錄於
《女兒紅》一書（洪範書局），本文據此版本。

與一般歌頌母愛的作品不同，簡媜是以無畏各種痛苦折磨的戰士與溫
柔的蝴蝶來形塑母親的形象。全文以三位母者來呈現這種柔和溫暖又堅毅
無比的母愛，作為敘事主軸的是一位為了挽救精神失常的女兒而上山苦修
的母親，以她貫穿全文首尾。另外敘事的副線則透過回憶安排了兩位母
親，一是寄宿親戚家時夜間瞥見的思念子女而默默流淚的母親；一是在醫
院中以體貼細微的心思，為死於非命的兒子拆縫壽衣的母親。表現出母者
護祐子女的愛既溫柔又堅韌，終其一生都不會消失。

作者

簡媜（西元一九六一年一　），本名簡敏媜，臺灣宜蘭縣人。臺灣大學
中文系畢業，曾任《聯合文學》主編和出版公司的編輯總監，為大雁書店
創辦人，現專事寫作。

從青年時期起，簡媜就是臺灣散文界最被期待的作家。民國七十年
獲「全國學生文學獎」大專組散文首獎，從此展開寫作之途。她以穠麗的
文采，跌宕的文情，不斷地超越舊我，開創新境，其作品質量俱有可觀，
備受讚譽，曾獲「吳魯芹散文獎」、「梁實秋文學獎」、「時報文學
獎」、「國家文藝獎」等。

簡媜以散文創作為志業，不斷求新求變，尤其對於女性的書寫，從早

期的《水問》以女性細膩的心思寫兒女繾綣情懷，清麗的辭采，獨幟一格；《女兒紅》一書則可視爲她對世間女子的疼惜與了解的感悟之作；《紅嬰仔——一個女人與她的育嬰史》則是成爲人妻、人母之後的簡媜，寫一個女人和她的育嬰史；《老師的十二樣見面禮：一個小男孩的美國遊學誌》書寫子女長大出國求學後，母親對教育的觀點與感受；《誰在銀閃閃的地方，等你：老年書寫與凋零幻想》一書，則將寫作視角延伸到老年書寫與死亡課題。一系列的創作已然跳脫了三分心事、七分人情的傳統女性寫作的窠臼，挑戰女性自覺的議題，著實令人眼睛一亮。

簡媜的抒情文，來自於她個人宗教信仰的薰習，其文字充滿一種沒有人間煙火味的空靈之美。楊牧先生就曾稱讚她的文章「思維清新而筆路沈著無滯礙，於修辭紀律中猶恣縱文法，自成一搖曳低昂、收放自如之現代風格。」從《水問》到《老師的十二樣見面禮》等近作，她的文字從空靈抒情轉爲平實敘事，紀錄了簡媜由少女到母親的心境變化，與女性視角的逐漸開闊與心靈成長。其代表作品有：《水問》、《只緣身在此山中》、《月娘照眠床》、《私房書》、《夢遊書》、《胭脂盆地》、《女兒紅》、《紅嬰仔——一個女人與她的育嬰史》、《老師的十二樣見面禮》、《誰在銀閃閃的地方，等你：老年書寫與凋零幻想》等。

課文

黃昏，西天一抹殘霞，黑暗如蝙蝠出穴嚙咬剩餘的光，被尖齒斷頸的天空噴出黑血顏色，枯乾的夏季總有一股腥。

遼闊的相思林像酷風季節湧動的黑雲，中間一條石徑，四周荒無人煙。此時，晚蟬乍鳴，千隻萬隻，悲悽如寡婦，忽然收束，彷彿世間種種悲劇亦有終場，如我們企盼般。

木魚與小磬引導一列隊伍，近兩百人都是互不相識的平民百姓，尋常布衣遠從漁村、鄉鎮或都市不約而同匯聚在此。他們是人父、人子更多是灰髮人母，隨著梵樂引導而虔誠稱誦，三步一

伏跪，從身語意之所生唸四句懺悔文；有的用國語，有的閩南語，有人癡心地多唸一遍。路面碎石如刀鋒，幾處凹窪仍積著雨水，相思叢林已被黑暗佔據，彷彿有千條、萬條野鬼在枝椏間擺盪、跳躍，嘲諷多情的晚蟬、訕笑①這群匍匐的人們。

往前兩里山腰有一簡陋小寺，寺後岩縫流泉，據云，在此苦修二十餘載的老僧於圓寂前曾加持這口活泉，願它生生不息澆灌為惡疾所苦的人，願一瓢冷泉安慰正在浴火的蒼生。當年她荷月而歸，一襲黑長衫隱入相思林小徑，是否曾回眸遠眺山下的萬家燈火？蟬聲淒切，她的心與世間合流，她痛他們所痛的。那一夜，是否如此時，風不動，星月不動？

兩里似兩千般漫長，身旁的她肅穆凝重，黑暗中很難辨識碎石散佈的方位，幾度讓她顛躓②不起。她合掌稱誦、跪伏，我忽然聽到她自作主張在最後一句懺悔文上加女兒的名字，聽來像代她懺悔，又像一個平凡母親因無力醫治女兒疾病，自覺失責向蒼天告罪！她牽袖抹去涕淚，繼續合掌稱誦、三步一跪拜，謹慎地壓抑泣聲，深怕驚擾他人禱告。她生平最怕舟車，途中四小時車程已嘔吐兩次，此時一張臉青白枯槁，身子仍在微微顫抖。我悄言問她：歇一會兒好嗎？她抿緊嘴唇用力搖頭，繼續合掌稱誦觀世音，跪拜，噙淚唸著「一切我今皆懺悔」。白髮覆蓋下凹陷的眼睛，如一口活泉。

若不是愛已醫治不了所愛的，白髮蒼蒼的老母親，妳何苦下跪！

然而，我只是傾聽晚蟬悲歌，心無所求，因一切不可企求。獨自從隊伍中走出，坐在路邊石頭上。微風開始搖落相思花，三

朵、五朵，沾著朝山徒眾的衣背，也落在我頭上。從我腳邊經過，這列跪伏隊伍肅穆且卑微，蟬歌與誦唱交鳴的聲音令我冰冷，彷彿置身無涯雪地，觀看一滴滴黑血流過。又有幾朵相思花落了。

我的眼睛應該追尋天空的星月，還是跪伏的她？那枯瘦的身影有一股懾人的堅毅力量，超出血肉凡軀所能負荷的，令我不敢正視、不能再靠近。她不需我來扶持，她已凝斂自己如一把閃耀寒光的劍。那麼，飄落的相思花就當作有人從黑空中掉落的，拭劍之淚吧！

我甚至不能想像一個女人從什麼時候開始擁有這股力量？彷彿吸納恆星之陽剛與星月的柔芒，萃取狂風暴雨並且偷竊了閃電驚雷；逐年逐月在體內累積能量，終於萌發一片沃野。那渾圓青翠的山巒蘊藏豐沛的蜜奶，寬厚的河岸平原築著一座溫暖宮殿，等待孕育奇蹟。她既然儲存了能量，更必須依循能量所來源的那套大秩序，成為其運轉的一支。她內在的沃野不隸屬於任何人也不被自己擁有，她已是日昇月沉的一部分，秋霜冬雪的一部分，也是潮汐的一部分。她可以選擇永遠封鎖沃野讓能量逐漸衰竭，終於荒蕪；或停棲於欲望的短暫歡愉，拒絕接受欲望背後那套大秩序的指揮——要求她進行誘捕以啓動沃野。選擇封鎖與拒絕，等同於獨立抵抗大秩序的支配，她就無法從同性與異性族群取得有效力量以直接支援沈重的抵抗，她是宿命單兵，直到尋獲足以轉化孕育任務之事，慢慢垂下抵擋的手，安頓了一生。

然而，一旦有了愛，蝴蝶般的愛不斷在她心內搧翅，就算躲藏於荒野草叢仰望星空，亦能感受熠熠繁星朝她拉引，邀她，一

起完成瑰麗的星系；就算掩耳於海洋中，亦被大濤趕回沙岸，要她去種植陸地故事，好讓海洋永遠有喧嘩的理由。

　　蝴蝶的本能是吮吸花蜜，女人的愛亦有一種本能：採集所有美好事物引誘自己進入想像，從自身記憶煮繭抽絲並且偷摘他人經驗之片段，想像繁殖成更豐饒的想像，織成一張華麗的密網。與其說情人的語彙支撐她進行想像，不如說是一種呼應──亙古運轉不息的大秩序暗示了她，現在，她憶起自己是日月星辰的一部分，山崩地裂的一部分，潮汐的一部分。想像帶領她到達幸福巔峰接近了絕美，遠超過現實世間所能實踐的。她隨著不可思議的溫柔而迴飛，企望成為永恆的一部分；她撫觸自己的身體，彷彿看到整個宇宙已縮影在體內，她預先看到完美的秩序運作著內在沃野：河水高漲形成護河捍衛宮殿內的新主，無數異彩蝴蝶飛舞，裝飾了絢爛的天空，而甘美的蜜奶已準備自山顛奔流而下……她決定開動沃野，全然不顧另一股令人戰慄的聲音詢問：

　　「妳願意走上世間充滿最多痛苦的那條路？」

　　「妳願意自斷羽翼、套上腳鐐，終其一生成為奴隸？」

　　「妳願意獨立承擔一切苦厄，做一個沒有資格絕望的人？」

　　「妳願意捨身割肉，餵養一個可能遺棄妳的人？」

　　「我願意！」

　　「我願意！」

　　「我願意成為一個母親！」她承諾。

　　那麼，手中的相思花就當作來自遙遠夜空，不知名星子賜下的一句安慰吧！柔軟的花粒搓揉後散出淡薄香味，沒有悲的氣息，也不嗟哦③，安慰只是安慰本身，就像人的眼淚最後只是眼

淚，不控訴誰或懊悔什麼。種種承諾，皆是火燎之路，承諾者並非不知，卻視之如歸。一個因承諾成為母親而身陷火海的女人，必定看到芒草叢下、蚊蠅盤繞的那口銅櫃，上面有神的符籙④：「妳做了第一次選擇成為母親，現在，我給妳第二次選擇也是最後一次；裡頭有遺忘的果子與一杯血酒，妳飲後便能學會背叛，所有在妳身上盤絲的苦厄將消滅，妳重新恢復完整的自己，如同從未孕育的處女。」

她會打開嗎？我仰問眾星，她會打開嗎？是的，她曾經想要打開。

多年前，當我仍是懵懂的中學生寄宿親戚家，介紹所老闆帶一位從南部來的女人，應徵女傭。約莫三十歲像一枝瘦筍，揹著布包及裝拉雜什物的白蘭洗衣粉塑膠袋。她留給我的第一印象不算好，過於拘謹彷彿懼怕什麼以至於表情僵硬。她留下來了，很熟稔⑤地進廚房——出於一種本能，無需指點即能在陌生家庭找到掃把、洗衣粉、菜刀砧板的位置。我不知道她的來歷也缺乏興趣探問，只強迫自己接受一張不會笑的臉將與我同睡一房。然而次日，我開始發現她的注意力放在那具黑色轉盤電話上，悶悶地撕著四季豆「啪嚓」一折，丟入菜簍。黃昏快來了，肚子餓的時刻。我告訴她可以用電話，她靦腆⑥地搖頭，繼續折豆子。然後，隔房的我聽到撥動轉盤的聲音，很多數字，漫長地轉動，像絞肉機，但是沒聽到講話聲；靜默的時間不像沒人接，她掛斷。廚房傳來鍋鏟聲。

當天夜深，也許凌晨了，我起來如廁，發現隔著屏風的那張床空了。我躡手躡腳在黑暗中搜尋，有一種窺伺的緊張感。最後

從半掩著門的孩子房瞥見她的背影。三歲與六歲的表弟同睡雙人床上，像所有白天頑皮的男童到了夜間乖巧地酣睡；她坐在椅子上低聲啜泣，因壓抑而雙肩抖動，沒發覺躲在門後的我。她輕輕撫摸孩子的腳，虛虛實實怕驚醒他；我從未在黑暗中隔著一步之遙窺伺一個陌生女人的內心，也許我的母親曾用同樣手勢在夜裡撫摸我，只是從不讓我知道。當她忘情地摟著表弟的一隻腳，埋頭親吻他的腳板，我的心彷彿被匕首刺穿，超越經驗與年齡的一滴淚在眼眶打轉，忽然明白她真正的身分不是女傭而是一個母親，一個拋下孩子離家出走的母親！沉默的電話只為了聽聽孩子的聲音。

「祢雖然賜我第二次選擇的機會，然而既已選擇成為人間母者，在宇宙生息不滅的秩序面前，我身我心皆是聖壇上的牲禮⑦，忠實於第一次的選擇，如武士以聖戰為榮耀，不管世人將視我如草芥奴隸，嘲諷我是愚痴的女人。啊！神，請收回祢的銅櫃，看在我孩子的面上！」

第三天，她辭職。

眾星沉默。朝拜的人群已消失蹤影，遠處依然傳來梵音，輕輕敲打夜空以及夜空之外，更遼闊的夜空。山，似乎在梵唱中吟哦起來，眼前的碎石路被月光照軟了，看來像一匹無限延伸的白絹。我垂目靜坐，亦能照見絹上佈滿使徒的足印，以身以口以意，以一切為人的尊嚴。若這絹上直豎刀林，那足印便有血跡；若是火炷，便有燎泡。清涼的晚風，我是如此懦弱從人群中脫逃，你可願意代我吹熄她身上的火燎。

她始終不是逃兵，從守寡的那天起。為自己的選擇奮戰，像

蕭蕭易水畔的荊軻。啊！路過的風，你吹拂原野，掠過城鎮，當明瞭男人社會裡的女人是無聲的一群，而寡婦更是次等公民，除了是非多，賬單更多。她具備鋼鐵般的意志又不減溫婉善良，你不得不相信，蝴蝶與坦克可以並存於一個女人身上。然而，我們應該怎樣理解命運？巨災淬鍊她成為生命戰場上的悍將，還是她擁有至剛極柔的秉賦，便註定要不斷攬接巨災。她鍾愛的女兒在荳蔻年華⑧染上惡疾，從此變成外表年輕貌美而心智行為如同一頭野獸。是的，傾聽的風，童話故事中美女的愛使野獸破除詛咒恢復人形，但是，什麼樣的愛能使美女祓除⑨窩藏在體內，那頭指揮她嚙咬衣服、尖叫嘶喊、朝每個人臉上吐沫的野獸呢？如果以往那位娟秀溫柔的美女仍有一絲清明，她會伏跪祈求世人賜她死，而野獸摀住她的口，野獸說：「我要長命百歲！」吟哦的風，悲劇來自兩難；老母親以己飢度女兒之飢、己渴度女兒之渴，一日三餐，沐浴更衣，把她餵養得強壯有力，於是嘶喊更尖銳、唾沫更豐沛、毆擊母親的臂膀愈來愈像鐵棍。你或許會怒號，何不讓她斷糧衰竭？人可能在生死決勝的戰役中，苛虐戰俘，視他人生命如草芥螻蟻⑩，這是戰爭罪惡之處，它逼迫人成為邪魔的俘虜。然而，人衷心嚮往恆常的共體和諧，不忍在盛宴桌上聽到丐者喊餓，不忍輕裘華服自凍屍身旁走過。世間之所以有味，在於這眾苦匯聚的道場中，視他人災厄為己身災厄，他人之苦為自己苦楚的一部分。何況母親，她既在最初承諾成為人間母者，她的生命已服膺生生不息的規律，只有不斷孕育生、賜予生、扶養生，而喪失斷生、殺生的能力。不管她的孩子畸形弱智，被澆薄者視作瘟疫、遭社群遺棄，她仍會忠貞於生生不息的

母者精神，讓生命的光在孩子身上實踐。啊！垂憫⑪的風，當她隔著紗窗搓洗衣服，看到窗內的女兒貞靜美麗一如往昔，忍不住停下工作，打開門鎖，進房想擁抱女兒，卻頓遭野獸般捶打時，你是否願意透露第十年、還是二十年後的擁抱將會成真，屆時，年逾中年的女兒會紮紮實實抱著瘦骨嶙峋⑫的老母，說：「媽媽，我好像做了惡夢！」

窗外，玉蘭樹與夜來香交遞散發清香，窺伺的風，你看到夜深人靜時刻，體內的猛獸逐漸盹睡，美女擁有短暫的清醒時光，乖順地讓母親摟著同眠，你聽到蒼老的聲音問：「還記不記得小時候教妳的童謠？陪媽媽唱好不好？」蝴蝶、蝴蝶生得真美麗，蝴蝶、蝴蝶生得真美麗……。

啊，飄泊的風，你終於能理解，等待寂靜之夜一隻蝴蝶飛回來，是她的全部安慰了。如果有一天，她在生命盡頭用最後一把力氣帶走女兒，你是否願意吹拂她們墳前的青草，不怒斥她是背職的母親？你願意邀約無數異彩蝴蝶，裝飾一對母女的歌聲？當甜美的子夜，她們又唱起這首童謠。

梵音寂然，人籟止息，已到吹燈就寢時刻了。想必此時眾人圍聚泉邊，祈請佛泉。蟬，是天地間的禪者，悲憫永恆的空無；深夜聽蟬，喜也放下，悲也放下。

那年盛夏，午蟬喧嘩，一波波淅入⑬充滿藥味的家屬休息室。有的人很快移出，意謂同時有人自加護病房送普通病房；有的人遷入，表示某人剛送入對門的加護室。這間六坪大的休息室像一面鏡子，清晰地看到人與人之間的牽絆。那對夫妻佔去兩張長椅，早上我剛來時，六十多歲的外省丈夫含著牙刷一面走一面

刷，五十來歲操勞過度的本省太太正在折被。家當、什物堆疊茶几上，她喊丈夫把被子塞到櫃子上頭，他才邊走邊刷，像所有嗓門很大、服從太太的老兵。他們看起來像房客了，毫無疑問，躺在加護病房的必是兒女。

這是難以理解的牴觸，父母可以為兒女打一場長期抗戰，反過來，兒女卻鮮能如此。我無意間知道是兒子，等公用電話時，她平靜如常交代對方去買一套西裝，報了尺寸，若西服店沒有，殯儀館應該有，立刻去買，要準備辦了。她的捲髮翻飛，衣褲縐得像梅乾菜，趿著拖鞋進休息室，好像準備煮飯的媽媽打電話叫瓦斯行送一桶瓦斯而已。

近午時分，白襯衫、黑西裝送來了，她抖開襯衫似乎不甚滿意，戴上老花眼鏡拆開袖子與腰身邊線，穿針引線縫了起來。做母親的最了解兒子身量，最後一套衣服更要體面才行，免得到冥府被譏為沒人疼，讓做娘的沒面子。課誦之蟬，我瞥見茶几上供奉一尊小小的觀音像。她咬斷線頭，又穿新線，像尋常日子裡對丈夫嘮嘮叨叨柴米油鹽般說：「我們不可以說他不孝，這樣他到陰間就會被打。他才十九歲，也不是生病拖累我們，今天要死也不是他願意的，哪裡對不起我們？如果我們做他父母的，心裡講他不孝，那他就會被打，不孝子會被打你知不知道！」

午窗邊冷邊熱，玻璃帶霧；虔誠的蟬，在你們合誦的往生咒中，我彷彿看見十九歲的他晃悠悠地走進來，扶著牆問：「阿母，衣服好了嗎？」

一定有甘美的處所，我們可以靠岸；讓負軛者卸下沉重之軛，惡疾皆有醫治的秘方。我們不需要在火宅中乞求甘霖，也毋需在漫飛的雪夜趕路，懇求太陽施捨一點溫熱。在那裡，母者不

必單獨吃苦，孩子已被所有人放牧。

　　微風吹拂黑暗，夜翻過一頁，是黎明還是更深沉的黑？她從石徑那頭走來，像提著戰戰的夜間武士，又像逆風而飛的蝴蝶。

　　掌中的相思花只剩最後一朵，隨手放入她的衣袋。

　　日子總會過完的，當作承諾。

注　釋

①訕笑　輕蔑的嘲笑。

②躓　絆倒。

③嗟哦　嘆息。

④符籙　道敎的祕文，可用於除災治病及役使鬼神。

⑤熟稔　熟悉。稔，音ㄖㄣˇ。

⑥靦腆　音ㄇㄧㄢˇ ㄊㄧㄢˇ，害羞的樣子。

⑦牲禮　用於祭祀的家畜等祭品。

⑧荳蔻年華　女子十三、四歲。荳蔻，音ㄉㄡˋ ㄎㄡˋ。

⑨祓除　古代習俗之一，爲除災去邪而舉行儀式，有使純潔之意。祓，音ㄈㄨˊ。

⑩草芥螻蟻　比喩微賤無價值的事物。

⑪垂愍　哀憐。愍，音ㄇㄧㄣˇ。

⑫嶙峋　音ㄌㄧㄣˊ ㄒㄩㄣˊ，形容人清瘦見骨的樣子。

⑬潲入　原指雨水濺入，此處指戶外蟬聲一波波的傳入屋內。潲，音ㄕㄠˋ。

賞　析

　　以「母親」爲創作主題，是文學作品中亙久而常見的，因此，古今中外曾出現許多風貌各異的藝術傑作。簡媜則藉〈母者〉觀察入微的書寫，令人窺探出不同角度的女性風貌。

　　本文的結構是散文與小說的混合體。從暮蟬鼓噪的黃昏，到星月俱寂

的深夜；在相思林下一群沿著碎石山路跪伏朝山的隊伍中，一個枯瘦的母親，三步一跪的為在荳蔻年華染上惡疾的女兒乞求神明醫治。另一個離家出走的母親思念子女，夜間默默親吻別人孩子的腳，而流下心力交瘁的淚水。最後是一個在醫院中為死於非命的兒子拆縫壽衣的母親。這些默默承受一切，扛著重擔的母親，無一不是為了兒女流盡眼淚，嘔心瀝血，這不正是母者偉大情操的表現。

在本文中，簡媜運用一連串自問自答的方式，和大量動人的譬喻，來顯現一位母親堅韌的形象和矛盾。在〈母者〉裡所描繪的，是融合苦難和悲憫的化身，堅強的揹負著社會中母親的角色。

〈母者〉一文是《女兒紅》一系列女性書寫中的傑出作品。簡媜寫世間成為母親者也是血肉之軀，枯瘦中卻有懾人的堅毅力量，具有鋼鐵般的意志，又不減溫婉善良，塑造一個蝴蝶與坦克共存的母者形象。

簡媜以深沈華麗的文字來彩繪母者高貴壯麗的形象，不同於早期的清新淡雅風貌，展現其文字穠采壯闊的一面。

問題討論

一、文學作品通常以描寫普遍存在的共性來引起共鳴，文中哪些母者特質最令你感動？

二、寫出你成長過程中，所看到的令你印象最深刻、最感動的母親形象。

三、〈母者〉一文所使用的象徵有哪些？寫出這些象徵所代表的意義。

延伸閱讀

一、《女兒紅》：簡媜著，臺北：洪範，一九九六年。

二、《紅嬰仔——一個女人與她的育嬰史》：簡媜著，臺北：聯合文學，一九九九年。

三、《月娘照眠床》：簡媜著，臺北：洪範，二〇〇六年。

四、《老師的十二樣見面禮》：簡媜著，臺北：印刻文學，二〇〇七年。

五、《誰在銀閃閃的地方，等你：老年書寫與凋零幻想》：簡媜著，臺北：印刻文學，二〇一三年。

詩歌 篇

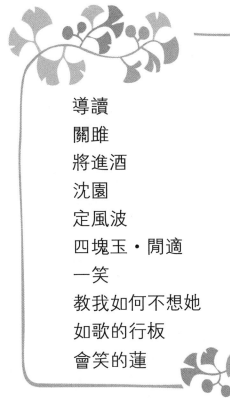

詩歌導讀

　　幾千年來的中國文學，詩歌一直淋漓盡致地反映了中華民族每一個時代的心聲。《詩經》是我國現存最早的詩歌總集，代表春秋時代發生於黃河流域的作品。它以四言詩形式，充分表現北方先民那份樸直寫實的風格。相較於《詩經》的典雅整齊，代表戰國時代發生於長江流域的詩歌《楚辭》，顯得繁富活潑得多，其中，〈離騷〉近四百句，二千四百多字，換了七十多韻，將南方文學那種纏綿悱惻的情懷，表露無遺。

　　樂府本是西漢審音度曲的官署名稱，漢武帝時，命李延年為協律都尉，搜集燕、秦、楚的民歌入樂，於是樂府詩就成了我國詩歌的正統來源。樂府詩以敘事見長，〈陌上桑〉、〈上邪〉、〈白頭吟〉都是熔敘事和抒情於一爐的傑作。到了魏晉南北朝，樂府詩特別發達，〈木蘭辭〉、〈敕勒歌〉、〈折楊柳歌〉等，充分表達北方豪放粗獷的格調；〈吳聲歌〉、〈子夜歌〉、〈江南可採蓮〉等，則是呈現南方山明水秀，委婉溫柔的風流。

　　《詩經》的句型，以四字句為主，所以尊為「四言詩」的鼻祖。《楚辭》或四言，或五言，或六、七言，長短不齊，比較複雜。建安期間，以曹氏父子為核心的一些廟堂作家，開始積極投入文學創作，對於五言詩的發展，有著極關鍵性的作用。建安七子與竹林七賢，前後相照，建安詩人仍多模擬樂府的作品，而七賢中的阮籍則是全力創作五言詩的大詩人，他那八十餘首滿腔憂憤的〈詠懷詩〉，奠定了五言詩的穩固地位。至於作者和年代至今仍無法確定之古詩十九首的出現，更見證了五言詩由萌芽到成熟的歷程。

　　從兩漢開始，一直到唐朝初年，在我國文學史上，有許多流傳了很久

的詩篇，這些詩篇大都以五字句、七字句為主，我們稱之為古詩。兩漢古詩，以五言居多，魏晉以後，七言詩漸臻成熟。曹丕的〈秋風辭〉、〈燕歌行〉，即是百讀不厭的作品。東晉末年，出現一位古詩的代表作家陶淵明。他的詩不但富有山水田園的逸趣，更含有家國的隱痛，民生的疾苦。其〈歸田園居〉、〈詠荊軻〉等詩，運用清麗的寫作手法，傾訴悲憫的情感，向來被公推為古詩的翹楚。

六朝以後，古詩呈現多樣的風貌。如郭璞的「遊仙詩」，謝靈運的「山水詩」，一直到謝朓、鮑照、沈約、庾信等，都有作品產生。他們措詞更趨華美，格律更為整齊，逐漸走向巧麗精工的途徑，為唐代近體詩奠定基礎。

近體詩是和古詩對稱的，通常我們把唐人作的詩，稱為近體詩或唐詩。唐代是中國詩歌最輝煌的時代，詩人輩出，各擅勝場。盛唐詩作，燦然大備，詩佛王維的恬適空靈，詩仙李白的浪漫飄逸，詩聖杜甫的沈鬱誠摯，邊塞詩派岑參、高適的豪放壯闊，其造詣之高，自不必說。即如「詩天子」王昌齡也是詩名遠播。他一首〈閨怨〉：「閨中少婦不知愁，春日凝妝上翠樓。忽見陌頭楊柳色，悔教夫婿覓封侯。」寫盡佳人心聲，至今傳誦不已。中唐的詩壇，韓愈和白居易最為特出，而風格各異。韓愈以寫古文的方法作詩，所以詩以硬語盤空，詰屈聱牙著稱。白居易則力求通俗，務使婦孺都能琅琅上口，所以他的詩平易近人，又能真切反映社會情狀。〈長恨歌〉、〈琵琶行〉即是膾炙人口的極品。晚唐詩人以杜牧、李商隱為主。杜牧號稱小杜，〈贈別〉一首：「多情卻是總無情，惟覺樽前笑不成。蠟燭有心還惜別，替人垂淚到天明。」以暗示手法，烘托情意，在冷豔綺麗之詩風中，猶寓豪縱深思之氣。李商隱的詩寫情最多，常是無題，好用典故，而頗晦澀，然精緻婉轉的語言和音律，令人一唱三歎。

詩到晚唐，誠如李詩所云：「夕陽無限好，只是近黃昏」，總給人一種遲暮頹傷、氣脈已弱的感覺。雖兩宋詩人另闢蹊徑，勉與唐詩分庭抗禮，然宋代以後，終究無法超越籠罩，已不復可為了。乘時代興起的是詩的一種變體，即詞的出現。

　　詞又名「長短句」，又名「詩餘」，就其音樂性質而言，有令、引、近、慢之分；就其字數多寡而言，又有小令、中調、長調之別，是五代、兩宋時期的文學主流。

　　詞到兩宋，形成鼎盛局面。在風格上，大抵分為豪放和婉約兩派。蘇軾和辛棄疾是最讓人激賞的豪放派詞人。蘇軾的詞，一掃晚唐、五代以來華豔的詞風，不僅使詞脫離音樂，同時也加強詞的詩化，詞境的擴大和個性的分明，使詞體達到高度的解放。〈水調歌頭〉、〈念奴嬌〉是最為人傳誦的作品。辛棄疾撫時感事，氣魄雄壯。他不僅突破了詩詞的界限，而且更走到詩詞散文合流的形態。在他的筆下，無論是弔古傷時，談禪說理，論政治，寫山水，講軍事，發牢騷，乃至嘻笑怒罵，他都無所不寫，且都令人愛不忍釋，無怪乎陳廷焯讚他是「詞中之龍」。

　　詞評家多以婉約為正宗，以豪放為別裁。婉約派的詞，寫來委婉細緻，耐人品味。范仲淹〈蘇幕遮〉中的「酒入愁腸，化作相思淚」二句，就是鐵石心腸，也當灑下同情之淚！柳永〈雨霖鈴〉的「今宵酒醒何處？楊柳岸，曉風殘月」，更是深刻纏綿，悱惻動人。李清照是中國文學史上最偉大的女詞人，她早年的歡樂，中年的黯淡，晚年的哀苦，都充分表現在詞中，造語清新，意境深切。〈武陵春〉、〈聲聲慢〉等作品，將她老景的淒涼，河山的破碎，異鄉的羈旅，交織成一股濃得化不開的深愁，引人無限的唏噓。

　　詞經兩宋極盛之後則漸衰，代之而興的就是曲。曲本是音樂的附庸，兩漢樂府中早有大曲、雜曲、相和曲、清商曲等，宋代有供歌舞的樂曲，和詠唱的鼓子詞等，這些都指樂譜而言。直至元代，曲才由附庸蔚為大國，成為一種文體。元曲遂和唐詩宋詞，並垂千古。

　　我國的詩歌，從《詩經》、《楚辭》以下，經樂府、古詩，到唐詩、宋詞、元曲，無不講究音樂旋律與語言節奏，可說是風華千種，極致發展。這些詩歌，通常被稱之為傳統舊詩歌。到了民國，五四運動大力提倡白話文，並吸取外國文學理論，因而有「新詩」，或稱「現代詩」的產生。新詩的內容與形式都與傳統舊詩歌不同。當我們品嚐徐志摩〈再別康

橋〉：「悄悄我走了，正如我悄悄的來；我揮一揮衣袖，不帶走一片雲彩。」應該可以感受出這種新鮮活潑又充滿生氣的詩歌，正是現代人表現心靈的一種重要形式。

關 雎

● 詩經·周南

題解

　　本詩選自《詩經·周南》，是《詩經》的第一篇。內容描述一位青年熱戀採集荇菜的女子，從思慕、追求、思念到結婚的過程，表現手法纏綿婉約，有和平雅正之音。

作者

　　《詩經》為中國最早的一部詩歌總集，是春秋時代黃河一帶的文學。收錄西周初年（西元前十一世紀），至春秋中期（西元前五、六世紀），約五、六百年間的作品，共三百十一篇。現存三百零五篇，統稱三百篇。在我國古代的典籍中，《詩經》是一本最受文人雅士喜愛的書。

　　《詩經》的內容分為風、雅、頌三大類：風即國風，包括周南、召南、邶、鄘、衛、王、鄭、齊、魏、唐、秦、陳、檜、曹、豳等十五個地區或國家的詩歌，多為民間歌謠。雅分為大雅、小雅，多數為周代貴族的歌詠。頌則包括周頌、魯頌、商頌，多為祭祀時頌讚的樂歌。

　　《詩經》中除了極少數篇章列有作者姓名之外，大部分均無作者可考。此三百篇在孔子以前已流傳於魯國，經孔子整理彙編後，遂成定本。秦火之後，漢代傳詩者有齊、魯、韓、毛四家，齊、魯、韓三家詩已亡佚不傳，今《十三經注疏》中的《詩經》，為西漢毛亨《傳》、東漢鄭玄《箋》、唐孔穎達《正義》，皆篤守詩序，以求詩旨。至宋朱熹作《詩集傳》，乃廢詩序，多有新義，為明清以降之通行本。

課文

關關雎鳩①，在河之洲，窈窕②淑女，君子好逑③。

參差荇菜④，左右流之⑤，窈窕淑女，寤寐求之⑥。

求之不得，寤寐思服⑦，悠哉⑧悠哉，輾轉反側⑨。

參差荇菜，左右采之，窈窕淑女，琴瑟友之⑩。

參差荇菜，左右芼⑪之，窈窕淑女，鐘鼓樂之。

注釋

①關關雎鳩　關關，水鳥相唱和的叫聲。雎鳩，音ㄐㄩ ㄐㄧㄡ，水鳥名，喜歡在江渚山邊食魚，相傳這種鳥類對愛情相當專一。

②窈窕　音ㄧㄠˇ ㄊㄧㄠˇ，美麗賢淑。

③逑　音ㄑㄧㄡˊ，配偶。

④參差荇菜　參差，長短不齊的樣子。荇，音ㄒㄧㄥˋ。荇菜，是一種多年生的水生植物。

⑤流之　順水流而摘取。

⑥寤寐求之　日夜都想追求她。寤，音ㄨˋ，睡醒。寐，音ㄇㄟˋ，睡著。

⑦思服　思服為同義複詞，意指思念。

⑧悠哉　思念深遠的樣子。

⑨輾轉反側　在床上翻來覆去不能入眠。

⑩琴瑟友之　彈奏琴瑟來親愛她。

⑪芼　音ㄇㄠˋ，擇取。

賞析

　　這是一首描述男子追求一位美麗賢淑女子的情詩，詩人只透過男子在初戀中敏感細膩的心境和純潔無暇的心靈追求的刻寫，以表達出男子刻骨銘心的愛情，讀來迴腸盪氣，回味雋永。

　　本詩使用「興」的手法，以聞雎鳩和鳴之聲起首，藉由雎鳩貞靜不肯亂交的特性，而聯想到美麗賢淑的女子。其次以荇菜之柔長，以引人思念綿遠，如杜甫〈曲江聽雨〉：「林花遇雨燕脂落，水荇牽風翠帶長。」便由此以憶安史亂前之長安繁華。而荇菜在水中左右流動著，以比喻男子到處去訪求他心目中貞靜美麗的女子，因求之不得，而表現出「寤寐思服，輾轉反側」的徬徨煩惱。

　　次章以「鐘鼓」與「琴瑟」聲調的和順，來比喻夫婦婚後和諧幸福的生活。由祭禮想到婚禮之鐘鼓熱鬧，幾可聞得此君之笑聲。直到今日，很多新婚夫婦還使用「琴瑟和之，鐘鼓樂之」這副對聯。

問題討論

一、「重章疊義」、「重章遞進」、「重章互足」為《詩經》重章之三種情形，試以〈關雎〉為例說明之。

二、有人說：「詩無達詁」，試以〈關雎〉為例，發表你的看法。

三、請就《詩經》各詩篇，擇選個人最喜愛的詩歌加以賞析。

延伸閱讀

一、《詩經欣賞與研究》：糜文開、裴普賢著，臺北：三民，一九八四年。

二、《詩經語言藝術》：夏傳才著，臺北：雲龍，一九九〇年。

三、《白話詩經》：吳宏一著，臺北：聯經，一九九三年。

四、《詩經講義稿》：傅斯年著，臺北：五南，二〇一三年。

五、《詩經植物圖鑑》：潘富俊著，臺北：貓頭鷹，二〇一四年。

【附錄】：《詩經》名篇欣賞

　　〈邶風・擊鼓〉

擊鼓其鏜，踊躍用兵。土國城漕，我獨南行。

從孫子仲，平陳與宋。不我以歸，憂心有忡。
爰居爰處，爰喪其馬。于以求之，于林之下。
死生契闊，與子成說。執子之手，與子偕老。
于嗟闊兮，不我活兮！于嗟洵兮，不我信兮！

〈周南·桃夭〉

桃之夭夭，灼灼其華。之子于歸，宜其室家。
桃之夭夭，有蕡其實。之子于歸，宜其家室。
桃之夭夭，其葉蓁蓁。之子于歸，宜其家人。

〈鄭風·子衿〉

青青子衿，悠悠我心。縱我不往，子寧不嗣音？
青青子佩，悠悠我思。縱我不往，子寧不來？
挑兮達兮，在城闕兮。一日不見，如三月兮。

〈鄭風·狡童〉

彼狡童兮，不與我言兮。維子之故，使我不能餐兮。
彼狡童兮，不與我食兮。維子之故，使我不能息兮。

〈小雅·鹿鳴之什·鹿鳴〉

呦呦鹿鳴，食野之苹。我有嘉賓，鼓瑟吹笙。
吹笙鼓簧，承筐是將。人之好我，示我周行。
呦呦鹿鳴，食野之蒿。我有嘉賓，德音孔昭。
視民不恌，君子是則是傚。我有旨酒，嘉賓式燕以敖。
呦呦鹿鳴，食野之芩。我有嘉賓，鼓瑟鼓琴。
鼓瑟鼓琴，和樂且湛。我有旨酒，以燕樂嘉賓之心。

將進酒

● 李白

題解

〈將進酒〉，樂府《鼓吹曲辭》、《漢鐃歌》舊題。舊辭已佚，想是勸飲的歌曲，將進酒就是請進酒的意思。李白此詩，大概作於唐玄宗天寶十一年（西元七五二年）。李白應友人岑勛的邀請，一起到道士元丹丘的潁陽山居作客。此時置酒會友，正值李白「抱用世之才而不遇合」之際，於是借酒遣興，放歌抒懷，以示人生苦短，應及時行樂。

作者

李白（西元七○一～七六二年），字太白，號青蓮居士，祖籍隴西成紀（今甘肅秦安縣北），家居綿州昌明縣（今四川彰明縣）青蓮鄉。少年時代，讀書學劍，頗具豪俠性格。二十五歲，辭親遠遊。天寶初至長安，賀知章讀其詩歎為「謫仙」，玄宗召為翰林供奉。後因酒醉於殿上令權貴高力士脫靴，遂被斥去。於是，醉臥空山，受道籙，煉還丹，過著優遊神仙的日子。安史亂後，投靠永王璘，璘敗，連坐當誅，幸賴郭子儀相救，乃流放夜郎（今貴州），途中遇赦得還。晚年投靠當塗縣令李陽冰，相傳醉撈水中月而溺死。

李白是詩史上多采多姿的人物，才氣縱橫，其詩飄灑奔放，俊逸清新，尤其擅長絕句和古風，和他同時代的杜甫以「白也詩無敵，飄然思不群」的詩句來推崇他。世稱「詩仙」，有《李太白集》。

課文

　　君不見黃河之水天上來，奔流到海不復回。君不見高堂明鏡悲白髮，朝如青絲暮成雪。人生得意須盡歡，莫使金樽①空對月。天生我材必有用，千金散盡還復來。烹羊宰牛且為樂，會須一飲三百杯②。岑夫子、丹丘生③，將進酒④，杯莫停。與君歌一曲，請君為我傾耳聽。鐘鼓饌玉⑤不足貴，但願長醉不願醒。古來聖賢皆寂寞⑥，唯有飲者留其名。陳王昔時宴平樂⑦，斗酒十千恣歡謔⑧。主人何為言少錢，徑須⑨沽⑩取對君酌。五花馬⑪、千金裘⑫，呼兒將出換美酒，與爾同銷萬古愁。

注釋

①金樽　酒杯的美稱。

②會須一飲三百杯　漢末袁紹為鄭玄送行，務必使玄盡醉，參與宴會者三百餘人，皆離席敬酒，自朝至暮，估計鄭玄共飲了三百多杯，而溫文自持，不改常態。會，當之意。

③岑夫子、丹丘生　即岑勛和元丹丘，兩人都是李白的好友。

④將進酒　漢鼓吹饒歌十八曲之一。將，請。

⑤鐘鼓饌玉　鳴鐘鼓，食珍饈。形容富貴豪華的生活。鐘鼓，古代富貴人家的音樂。饌，音ㄓㄨㄢˋ。饌玉，珍美如玉的飲食。

⑥寂寞　沒沒無聞。

⑦陳王昔時宴平樂　陳王，即曹植。曹植於魏明帝太和六年（西元二三二年）封陳思王。平樂，觀名。

⑧恣歡謔　縱情。歡謔，歡樂戲謔。

⑨徑須　直須，毫不猶豫地。

⑩沽　買。

⑪五花馬　指名貴的馬。一說剪馬鬃分為五簇的馬。

⑫千金裘　指名貴的毛皮衣。戰國齊孟嘗君有白狐裘一領，價值千金，天下無雙。

賞析

　　李白嗜酒，天津橋南造酒樓，自稱酒中仙，後人遂以為李白是一位樂天浪漫，不食人間煙火的藝術派詩人。事實上，任俠的性情，自負的才華，以及深受道教文化影響的背景，不僅使李白的詩歌取材仙言道語，表現出迥異於唐代各家的特殊風格，更導致李白在「富貴與神仙，蹉跎成兩失」（〈長歌行〉）的雙重幻滅中，既有「丹砂朱就愧葛洪」（杜甫〈贈李白〉）之歎，又有「大道如青天，我獨不得出」（〈行路難其二〉）之悲，其生命世界是充滿寂寞與痛楚。於是，寒夜獨酌，縱酒狂歌，傳觴笑迎，陶醉仙境，自然成為他解脫悲情愁悶，展現俠骨豪氣的最佳媒介，同時也使李白的詩與酒幾已不可分離。集中有酒詩不少，〈將進酒〉是李白最著名的一首飲酒詩。

　　李白長安三載失意而歸，滿腔悲憤鬱積於胸，便趁酒興，一吐為快。開篇如挾天風海雨迎面撲來，以黃河之水一去不返起興，悲嘆人生短促、青春易逝，在貌似消極的及時行樂和「天生我材必有用」的樂觀自信中，透出他懷才不遇又渴望用世的焦急心情。全詩借酒澆愁，以白話脫口而出，一氣呵成，情極悲憤而又狂放，語極沉痛而又豪縱，充分體現李白豪邁不羈，揮灑自如的創作風格。

問題討論

一、〈將進酒〉一詩，作者如何表現豪邁不羈的情懷？

二、詩云：「呼兒將出換美酒，與爾同銷萬古愁」，請問李白藉酒澆的是哪般愁？又李白〈宣州謝朓樓餞別校書叔雲〉：「抽刀斷水水更流，舉杯銷愁愁更愁」，可見飲酒並非最佳之排憂方式，請說說你排解煩憂的方法。

三、李白在此詩中運用了哪些典故？他為何引用這些典故？

延伸閱讀

一、《李白萬壑松風圖》：國立故宮博物院編，臺北：國立故宮博物院，
一九八七年。

二、《李白的人生哲學：詩酒人生》：謝楚發著，臺北：揚智，一九九六
年。

三、《李白詩選：大唐詩仙》：張健編著，臺北：五南，一九九八年。

四、《李白詩歌鑒賞辭典》：上海辭書出版社文學鑒賞辭典編纂中心編
著，上海：上海辭書，二〇一二年。

【附錄】

〈清平調三首〉

雲想衣裳花想容，春風拂檻露華濃。若非群玉山頭見，會向瑤臺月下
逢。（其一）

一枝紅豔露凝香，雲雨巫山枉斷腸。借問漢宮誰得似？可憐飛燕倚新
妝。（其二）

名花傾國兩相歡，長得君王帶笑看。解釋春風無限恨，沈香亭北倚闌
干。（其三）

〈夢游天姥吟留別〉

海客談瀛洲，煙濤微茫信難求。越人語天姥，雲霓明滅或可睹。天姥
連天向天橫，勢拔五嶽掩赤城。天臺四萬八千丈，對此欲倒東南傾。我欲
因之夢吳越，一夜飛度鏡湖月。湖月照我影，送我至剡溪。謝公宿處今尚
在，淥水蕩漾清猿啼。腳著謝公屐，身登青雲梯。半壁見海日，空中聞天
雞。千巖萬轉路不定，迷花倚石忽已暝。熊咆龍吟殷巖泉，慄深林兮驚層
巔。雲青青兮欲雨，水澹澹兮生煙。列缺霹靂，丘巒崩摧，洞天石扇，訇
然中開。青冥浩蕩不見底，日月照耀金銀臺。霓為衣兮風為馬，雲之君兮

紛紛而來下。虎鼓瑟兮鸞回車，仙之人兮列如麻。忽魂悸以魄動，怳驚起而長嗟。惟覺時之枕席，失向來之煙霞。世間行樂亦如此，古來萬事東流水。別君去兮何時還？且放白鹿青崖間，須行即騎訪名山，安能摧眉折腰事權貴，使我不得開心顏！

〈月下獨酌〉

花間一壺酒，獨酌無相親。舉杯邀明月，對影成三人。月既不解飲，影徒隨我身。暫伴月將影，行樂須及春。我歌月徘徊，我舞影零亂。醒時同交歡，醉後各分散。永結無情遊，相期邈雲漢。

沈　園

陸游

題解

　　這是陸游悼念前妻唐琬的詩。唐琬是陸游的表妹，兩人結婚後感情很好，但陸游母親不喜歡唐琬，兩人被迫分離，唐琬改嫁，陸游也另娶妻子。宋高宗紹興二十五年（西元一一五五年）春，陸游、唐琬沈園偶遇，陸游牆頭題〈釵頭鳳〉以誌哀感，其詞云：「紅酥手，黃縢酒，滿城春色宮牆柳。東風惡，歡情薄，一懷愁緒，幾年離索。錯！錯！錯！　春如舊，人空瘦，淚痕紅浥鮫綃透。桃花落，閒池閣，山盟雖在，錦書難託。莫！莫！莫！」唐琬讀後和詩道：「世情薄，人情惡。雨送黃昏花易落。曉風乾，淚痕殘。欲箋心事，獨語斜闌。難！難！難！　人成各，今非昨。病魂常似秋千索。角聲寒，夜闌珊。怕人尋問，咽淚裝歡。瞞！瞞！瞞！」從此鬱鬱寡歡，不久抱憾而終。寧宗慶元五年（西元一一九九年）春，七十五歲的陸游重遊沈園，睹物思人，無限感傷，因而寫下這首悽愴感人的詩篇。

作者

　　陸游（西元一一二五─一二一○年），字務觀，山陰（今浙江紹興市）人。孝宗立，賜進士出身，任樞密院編修。王炎為四川宣撫使，辟游入幕。范成大帥蜀，游為參議官。不拘禮法，人譏其頹放，因自號放翁。寧宗嘉泰三年（西元一二○三年）修孝宗、光宗兩朝實錄成，升寶章閣待制，致仕。

　　陸游是南宋傑出詩人，與楊萬里、范成大、尤袤並稱「南宋四大家」。強烈的愛國精神是他萬首詩歌的主要內容，梁啟超曾推許：「集中

什九從軍樂，亘古男兒一放翁。」此外，他也寫一些反映農村生活、流連光景和個人悲歡、兒女離情的小詩。其詩氣勢磅礴，清新圓潤，善於錘煉，平淡中見豐腴，有極高的藝術成就。著有《渭南文集》、《劍南詩稿》等行世。

課文

城上斜陽畫角①哀，沈園②無復舊池臺；

傷心橋下春波綠，曾是驚鴻③照影來。

注釋

①畫角　雕繪彩飾的號角。古時軍中用以警昏曉，其聲高亢淒厲。

②沈園　在今浙江紹興市禹跡寺南面。

③驚鴻　以鴻雁受驚翩然飛起，比喻女子體態輕盈多姿。這裏指陸游當年在沈園見到唐琬的印象。

賞析

此乃陸游懷念前妻唐琬之詩，情景交融中，情思真摯而深婉。

「沈園」對陸游別具意義，這裡曾是他和唐琬分離後重逢之地，摧人肺肝的〈釵頭鳳〉便題於此，同時這裡也是兩人永訣的地方。首句「城上斜陽畫角哀」，便以飽富視覺、聽覺之藝術形象，渲染沈園悲傷氣氛。第二句「沈園無復舊池臺」轉寫現實的殘酷。今日不僅心上人早已作古，連重溫舊夢，寬慰自己的沈園景物，也不再是從前的樣子！此句表面看似感嘆景物的變遷，而實際是悲傷景中人的消逝。

「傷心橋下春波綠，曾是驚鴻照影來」，則是詩人竭力尋找可以引起回憶的景物，此時唯有「橋下春波綠」一如往昔。但再見此景，引起的不是喜悅而是傷心回憶。四十餘年前，唐琬宛如曹植〈洛神賦〉裡「翩若驚鴻」的仙子一般，飄然降臨於春波之上；如今景物依舊，可是曾在這裡照

影的人兒不見了，睹物思人，怎不使人神傷！「傷心」兩字揭開詩人感情的面紗；「曾是」二字則把詩人的思緒引向回憶之中，由橋下春水勾起對唐琬的無限懷念。近人陳衍曾評此詩道：「無此絕等傷心之事，亦無此絕等傷心之詩。就百年論，誰願有此事？就千秋論，不可無此詩！」

問題討論

一、這首詩表現了陸游怎麼樣的情思？結合作品加以分析。

二、在這首詩裡，陸游對自己的愛情悲劇沒有任何指責，只是傾訴了一輩
　　子也排遣不了的哀傷，使後人對之寄予深厚同情。古典文學中還有哪
　　些作品也是書寫這樣的內容？舉例分享之。

延伸閱讀

一、《陸游傳》：朱東潤著，臺北：華世書局，一九八四年。

二、《陸游詩詞》：張永鑫、劉桂秋譯注，臺北：錦繡，一九九三年。

三、《宋詩選著》：錢鍾書選註，臺北：新文豐，一九八九年。

四、《宋詩研究》：胡雲翼著，四川：巴蜀書社，一九九三年。

五、《如何閱讀一首詞》：潘麗珠著，臺北：商周，二〇〇八年。

【附錄】

〈劍門道中遇微雨〉

衣上征塵雜酒痕，遠遊無處不消魂。此身合是詩人未？細雨騎驢入劍門。

〈書憤〉

早歲那知世事艱，中原北望氣如山。樓船夜雪瓜洲渡，鐵馬秋風大散關。塞上長城空自許，鏡中衰鬢已先斑。〈出師〉一表真名世，千載誰堪

伯仲間。

　　〈梅花絕句〉

　　聞道梅花坼曉風，雪堆遍滿四山中。何方可化身千億，一樹梅前一放翁。

　　〈秋思〉

　　烏桕微丹菊漸開，天高風送雁聲哀。詩情也似并刀快，剪得秋光入卷來。

定風波

● 蘇軾

題 解

　　〈定風波〉一詞作於宋神宗元豐五年（西元一〇八二年），也就是蘇軾貶謫黃州後的第三年。元豐三年，蘇軾因文字招禍，而有「烏臺詩案」一百多天的牢獄之災，因多方之營救，終於死裏逃生。被貶謫到黃州後的蘇軾，英華內斂，曠達胸襟也漸漸養成，他經常與僧道來往，且勤於神交莊周、陶淵明，過著躬耕的田園生活。這首〈定風波〉便是寫眼前之景，來寄寓心中之事，而談人生哲理。蘇軾在《東坡志林》提及：「黃州東南三十里為沙湖，亦曰螺師店，予買田其間，因往相田。」蘇軾來到黃州已足兩年，他十分喜愛黃州的風土人情，準備在此買田終老，於是前往黃州城東南三十里的沙湖看田。因未帶雨具，在沙湖道中遭遇了一場陣雨，便寫出這樣一首於簡樸中見深意，尋常處生波瀾的佳作。

作 者

　　蘇軾（西元一〇三六－一一〇一年），字子瞻，號東坡，宋眉州眉山（今四川眉山縣）人。享壽六十六。

　　軾自幼聰慧，父洵遊學四方，由母程氏親授經史。曾讀《後漢書·范滂傳》，對母親說：「軾若為滂，母許之邪？」母嘉許其言。二十歲時已博通經史。仁宗嘉祐二年，試禮部，主考歐陽脩擢置第二，云：「吾當避此人出一頭地。」初任鳳翔府判官，是年四月母逝世，奔喪丁憂三年。英宗時直史館，時年三十。次歲，父洵病卒，扶柩歸葬。

　　神宗熙寧四年，王安石創行新法，軾上書反對，與安石不合，調任杭州、密州、徐州、湖州。元豐二年，又因「烏臺詩案」，逮赴臺獄，論

死。神宗特命以黃州團練副使安置。在黃州五年，軾築室於黃州的東坡，以讀書、作詩、遊覽名勝，結交方外自遣，自號東坡居士。哲宗元祐中知登州，召爲禮部郎中，旋以龍圖閣學士，知杭州，時年五十四。又召爲翰林承旨，累官至端明殿翰林侍讀兩學士，後卒於常州，謚文忠。

軾才思橫溢，爲全能之士，與弟轍同以父洵爲師，初好賈誼、陸贄書，旣而喜讀《莊子》，受三者影響甚多。發爲文章，意想高遠，汪洋縱恣，如長江大河，浩浩瀚瀚，可喜可愕；而策議論辯之作，更是擅長，其文縱橫無礙類莊子，俊逸雄健似賈誼，渾涵光芒，雄視百代，是集天才學力之至勝。曾自述文章的奧妙：「吾文如萬斛泉源，不擇地而出。」「如行雲流水，初無定質，但常行於所當行，止於所不可不止。」又說：「某平生無快意事，意之所到，則筆力曲折，無不盡意，自謂世間樂事無踰此矣。」觀其所作，從不隱沒個性，與世俯仰，所以雖常以文字賈禍，亦能處之泰然，若不措意。軾與父洵，弟轍，都有文名，時人合稱「三蘇」，同列「唐宋八大家」。

東坡在詩歌方面，風格雄健逸麗、精妙清雅，想像豐富，逸趣橫生，與黃庭堅齊名，合稱「蘇黃」，是北宋傑出詩人。其詞豪放壯闊，與後世辛棄疾並稱「蘇辛」。他如書、畫、棋、琴、佛學亦有極高的造詣。著有《蘇軾文集》、《蘇軾詩集》、《東坡樂府》等書傳世。

課文

三月七日。沙湖①道中遇雨。雨具先去②。同行皆狼狽。余獨不覺。已而遂晴。故作此。

莫聽穿林打葉聲，何妨吟嘯③且徐行。竹杖芒鞋輕勝馬④，誰怕？一蓑煙雨任平生⑤。　料峭⑥春風吹酒醒，微冷，山頭斜照卻相迎。回首⑦向來蕭瑟處，歸去、也無風雨也無晴。

注釋

①沙湖 在黃州（今湖北黃岡縣）東南三十里。

②雨具先去 意思是雨具事先未帶。

③吟嘯 放聲吟詠。

④芒鞋輕勝馬 芒鞋，芒草做成的鞋，即草鞋。輕勝馬，輕便勝過騎馬。

⑤一蓑煙雨任平生 即使一生都淋著一身的煙雨也任由它去。一蓑，這裡是「一身」的意思。蓑，本文為遮蔽風雨的披衣。

⑥料峭 形容早春微寒的樣子。

⑦回首向來蕭瑟處 往剛才遇雨的地方看去。向來，表示時間的詞，所表示的時間可遠可近，這裡是指剛才。蕭瑟，寒風冷雨的聲音。

賞析

　　遇雨是生活中一件極平常的事，然而不同修養的人在遇雨時的不同表現，便能充分顯示出不同的心性修養。這闋詞雖從下雨寫到雨停，但其意不在寫遇雨的經歷，而在通過眼前生活中的平常景象，來表達自己生活體驗、處事態度和人生感悟，以及呈現自己坦蕩的胸襟、開朗的個性和樂觀的精神。

　　上片寫風雨交加，自己卻處之泰然。「莫聽穿林打葉聲」，突如其來的陣雨「穿林打葉」雨勢洶洶，而蘇軾卻不以為意，只「莫聽」二字便見性情，也點出作者不為外物所縈擾的灑脫，於是「何妨吟嘯且徐行」，好不自在！在雨中照常舒徐行步，呼應小序「同行皆狼狽，余獨不覺」，又引出下文「誰怕」來。即使一生都在煙雨的籠罩之中也不怕，這「一蓑煙雨」，寫的既是指眼前的急風驟雨，當然亦包括在官場上的狂風暴雨。

　　下片寫雨過天青，自己亦處之淡然。涼風吹過，酒意消散，天已放晴，山頭斜照相迎，又是另一番景象。回顧來程中所經歷的風風雨雨，詞人自有感觸在心頭。自然界的陰晴圓缺本是自然，而宦途中的風雨侵襲，只要淡然面對，晴、雨又奈我何？此處「歸去」、「也無風雨也無晴」與上片「誰怕」、「一蓑煙雨任平生」相照應，正道出了作者歷經磨難、挫

折後，轉換出的曠達胸懷。

　　詞作塑造了一個憂樂兩忘、禍福不驚的自我形象，正是這個形象中體現出來的那種精神意志，支撐作者走過沙湖遇雨的道路，也走過坎坷動蕩的漫長的一生！

問題討論

一、詞又名「詩餘」，原因為何？

二、蘇軾被貶謫至黃州，其心境如何？「定風坡」如何表達其人生觀？

三、你如何面對你人生中的風雨？狼狼逃避，或是瀟灑面對？

延伸閱讀

一、《蘇東坡傳》：林語堂著、宋碧雲譯，臺北：遠景，一九八八年。

二、《東坡樂府編年箋注》：宋‧蘇軾撰，石聲淮、唐玲玲箋注，臺北：華正，一九九三年。

三、《東坡詞選析》：陳新雄著，臺北：五南，二〇〇〇年。

四、《蘇軾書寒食帖赤壁賦》（繁體版）：孫寶文編，上海：上海辭書，二〇一一年。

五、《葉嘉瑩說唐宋詞》：葉嘉瑩著，臺北：大塊，二〇一三年。

【附錄】

〈江城子‧密州出獵〉

　　老夫聊發少年狂，左牽黃、右擎蒼，錦帽貂裘，千騎卷平岡。為報傾城隨太守，親射虎，看孫郎。　酒酣胸膽尚開張，鬢微霜、又何妨，持節雲中，何日遣馮唐。會挽雕弓如滿月，西北望，射天狼。

〈卜算子‧缺月挂疏桐〉

　　缺月挂疏桐，漏斷人初靜。誰見幽人獨往來，縹緲孤鴻影。　驚起卻回頭，有恨無人省，揀盡寒枝不肯棲，寂寞沙洲冷。

四塊玉・閒適

● 關漢卿

題解

本曲選自〈閒適〉四首之四。作者在歷盡了俗世間的世態炎涼，人情冷暖之餘，透露自己無意與人爭名逐利，不屑與人爭賢愚，透露出其隱居山林，與世無爭的閒適生活。

作者

關漢卿（西元一二二九？——三〇〇？年），號己齋叟，大都（今北京市）人，是元代最著名的戲劇家，有「梨園領袖」之譽。幼年勤奮好學，過目成誦。金末以解貢於鄉，後曾為太醫院尹，金亡不仕。晚年南下漫遊杭州、揚州等地，蘊藉風流，為一時之冠。

關漢卿多才多藝，能吟詩演劇，歌舞吹彈。畢生著作最富，所作雜劇約六十六種，今存〈竇娥冤〉、〈救風塵〉等十七種，廣泛反映了社會生活的各個層面，具有鮮明的批判色彩。散曲則有小令五十七首，套數十三，殘套二套。其中小令，多為男女戀情和離別相思之作。王國維評為「一空倚傍，自鑄偉詞，而其言曲盡人情，字字本色，故當為元人第一」。為元曲四大家之翹楚。

課文

南畝耕①，東山臥②，世態人情經歷多，閒將往事思量過。賢的是他，愚的是我，爭什麼？

注釋

①南畝耕　南坡向陽，利於農作物生長，古人田土多向南開闢，故稱。此處泛指歸隱後的田園生活，如孔明的耕讀南陽，陶淵明的歸隱田園等。南畝，指農田。

②東山臥　據《晉書・謝安傳》所載：「逶棲遲東山，坐石室，臨濬谷，悠然歎曰：『此與伯夷何遠。』」東晉謝安曾隱居於東山（今浙江上虞縣），後入朝做了宰相。後人常以「東山高臥」形容那些高潔之士的隱居生活。

賞析

　　關漢卿是一個典型的風流浪子，他自己說：「我翫的是梁園月，飲的是東京酒，賞的是洛陽花，扳的是章臺柳。我也會吟詩，會篆籀，會彈絲，會品竹。我也會唱鷓鴣，舞垂手，會打圍，會蹴踘，會圍棋，會雙陸。你便是落了我牙，歪了我口，且瘸了我腿，折了我手，天與我這幾般兒歹症候，尚兀自不肯休。只除是閻王親令喚，神鬼自來勾，三魂歸地府，七魄喪冥幽，那其間不向這煙花路兒上走。」（〈不伏老〉）描述長期的放浪生活，而這首〈四塊玉〉小令，正好道出其中原因。

　　起首「南畝耕」及「東山臥」兩句，點出題目「閒適」之意，除寫歸隱的田園生活外，也是「世態人情經歷多」、「閒將往事思量過」之下的抉擇。看看那世態炎涼，人情冷暖的現實社會，再想想當年，孔明耕讀南陽，謝安臥隱東山，後來卻先後發動驚天地，泣鬼神的赤壁之戰與淝水之戰。論功業，論賢能，有誰堪比！至於在那一幕幕決定歷史的故事裡，爾虞我詐，成王敗寇，又有多少英雄豪傑，意氣風發，不可一世，爭得你死我活，而如今竟是如何？「世態人情經歷多」眼看他起朱樓，眼看他宴賓客，眼看他樓塌了，世事本如此，「賢的是他，愚的是我，爭什麼？」就算他精明，我愚魯，那又何妨？看開了一點，放空了一些，怡然自得，還有什麼好計較爭執的呢？

作者在「經歷多」、「思量過」之下，以「賢的是他，愚的是我」二句，藉自嘲語氣，表達不願和世俗同流合污，堅持保有自己的原則。所以，選擇遠離紅塵是非，放下功名利祿，躬耕自得，表現了知識分子本有的風骨傲氣。

問題討論

一、試就關漢卿〈閒適〉中表現出的作品風格與人生態度，與隱逸詩人陶淵明做一比較，說明兩人的異同處。

二、關漢卿〈閒適〉這組小令一共有四首，請討論這四首小令的內容異同以及作者在這四首小令中的整體思想。

三、這首小令中，作者對於「世態」、「人情」的體驗，你是否同意作者的立論？請就個人觀點加以說明。

延伸閱讀

一、《元曲六大家》：應裕康著，臺北：三民，一九九四年。

二、《小橋流水——元曲賞析》：劉翔飛、陳芳英選註，臺北：長橋，一九九七年。

三、《名家解讀元曲》：呂薇芬選編，濟南：山東人民，一九九九年。

四、《元曲鑑賞辭典》：蔣星煜著，上海：上海辭書，二〇〇一年。

五、《曲學概要》：羅麗容編著，臺北：建宏，二〇〇一年。

【附錄】

【雙調】沉醉東風・漁父詞　白樸

黃蘆岸白蘋渡口，綠楊隄紅蓼灘頭。雖無刎頸交，卻有忘機友。點秋江白鷺沙鷗，傲殺人間萬戶侯，不識字煙波釣叟。

【雙調】折桂令．歎世　馬致遠

　　咸陽百二山河，兩字功名，幾陣干戈。項廢東吳，劉興西蜀，夢說南柯，韓信功兀的般證果，蒯通言那裡是風魔。成也蕭何，敗也蕭何，醉了由他。

【中呂】山坡羊．寓興　喬吉

　　鵬摶九萬，腰纏十萬，揚州鶴背騎來慣。事間關，景闌珊，黃金不富英雄漢。一片世情天地間。白，也是眼；青，也是眼。

一 笑

胡適

題解

　　本詩選自《嘗試集》，是作者爲「十幾年前，一個人對我笑了一笑」而作。這首筆調淺白，寓意深刻的情詩，無論是爲誰而作，自此，這「一笑」成了他隱祕於心靈深處的無盡相思。

作者

　　胡適（西元一八九一──一九六二年），原名嗣穈，字適之，安徽績溪縣人。自幼聰明過人，八歲已能自修熟讀《四書》、《五經》、《水滸傳》、《三國演義》等中國傳統古籍。十四歲，進入上海梅溪學堂，接觸梁啓超的《新民說》、鄒容的《革命軍》，以及嚴復所譯的《天演論》等西方新思潮。清宣統二年（西元一九一○年）官費赴美，師事教育哲學家杜威博士。西元一九一七年回國，歷任北京大學教授、校長、駐美大使、國大代表、中央研究院院長等。

　　胡適一生在哲學、文學、史學、考據學等，都有成就。二十七歲完成《中國哲學史大綱》，是爲中國第一本的哲學史；二十九歲出版第一本中國白話詩集《嘗試集》，爲中國文學開闢了新紀元。五四期間，倡導白話文寫作，推動全盤西化，掀起了巨浪狂風的文學革命。其後，爲了宣揚科學，從乾嘉學派追溯到程朱理學，進入先秦諸子的名學，並無意中形成了一股「紅學」；爲了鼓吹民主，公開支持雷震結合台灣本土菁英組黨，凡此種種，儼然成爲時代的先鋒，新文化啓蒙運動的領導者。重要著作有《中國哲學史大綱》、《嘗試集》、《胡適文存》、《四十自述》、《白話文學史》、《中國新文學運動史》等三、四十種。

課文

十幾年前，
一個人對我笑了一笑，
我當時不懂得什麼，
只覺得他笑的很好。

那個人後來不知怎樣了，
只是他那一笑還在：
我不但忘不了他，
還覺得他越久越可愛。
我借他做了許多情詩，
我替他想出種種境地：
有的人讀了傷心，
有的人讀了歡喜。

歡喜也罷，傷心也罷，
其實只是那一笑。
我也許不會再見著那笑的人，
但我很感謝他笑的真好。

（西元一九二○年八月十二日）

賞析

　　笑容可以成為畫布中「蒙娜麗莎」的主題，也可以成為釋迦牟尼和迦葉之間的「拈花微笑」，在〈一笑〉詩中，笑容是胡適這位詩人心中「越久越可愛」的記憶。「十幾年前，一個人對我笑了一笑」深印在心靈，這個對他「笑了一笑」的姑娘是誰？從「那個人後來不知怎樣了」來看，自然不是他所妥協婚姻的妻子江冬秀。胡適在西元一九一七年和冬秀完婚，婚姻完全由他母親一手包辦，這位深受西方文化薰陶，當年也曾高呼反對買賣婚姻制度的胡適，在自己婚姻問題上卻向封建婚姻制度徹底妥協，因此隱祕在心靈深處的情愫，常常很委婉地流露在某些詩篇裏。「一笑」即是其中一首。

　　全詩四節，格式整齊，作者以淺顯的文字，抒寫深沉的感情，它展現了作者以「平常語言」創作「平常影像」，表達「平常經驗」與「平常感情」的新文學主張。詩篇緊扣「笑」，抒寫它在自己心田裏所激起的感情漣漪，他只覺得這「笑的很好」，它一直流連在他的心中，「不但忘不了」，而且「越久越可愛」；他為此寫了許多令人「傷心」和「歡喜」的情詩，由此可見其情之深，其意之篤了。他雖然自知今後也許「不會再見著那笑的人」，但他心中始終感謝那「可愛」的「一笑」，真是此情綿綿無盡期了。余光中先生也曾寫過一首關於笑容的詩——〈昨夜你對我一笑〉，譜過曲甚為流行，也算是胡適笑容詩的延續。

　　胡適認為「表情表得好，達意達得妙，便是文學」，「要有我，才有人」，這首詩正可代表他在詩體革新中，不斷實驗與嘗試的成果。

問題討論

一、請尋找近代新詩中有關「笑容」的題材，並說明有何用意？
二、將課文中的現代詩與後現代主義詩人夏宇的詩作做一比較。

延伸閱讀

一、《我經過了一首詩》：柯佳嬿著，臺北：凱特文化，二〇一二年。

二、《以詩之名》：席慕蓉著，臺北：圓神，二〇一一年。

三、《唸給妳聽》：羅智成著，臺北：閱讀地球，二〇〇六年。

四、《孤夜獨書》：陳芳明著，臺北：麥田，二〇〇五年。

教我如何不想她

● 劉半農

題解

　　本詩寫於西元一九二〇年，是劉半農留學倫敦半年之後的作品。作者除首創女性第三人稱的「她」外，詩中的「她」，究竟是誰？留下許多浪漫的美談。此詩的詞意纏綿動人，頗受歡喜。才子趙元任爲之譜曲，更加豐富了詩歌的生命。

作者

　　劉半農（西元一八九一──一九三四年），原名壽彭，後改名復，字半農，號曲庵，江蘇江陰縣人。五歲接受私塾教育，十二歲習英文，二十二歲任中華書局編譯員，三十四歲，以《漢語字聲實驗錄》獲法國國家文學博士。返國後，任職中研院史語所、教育部以及北京大學等。

　　劉半農於西元一九一七年，發表〈我之文學改良觀〉等文，熱烈響應胡適文學改革運動。此後，陸續發表白話詩作。他的詩描述中下層人民生活，作品極富社會意義，被譽爲「平民詩人」。同時，他勇於「翻新花樣」，先後創作了無韻詩、散文詩、小詩等；他深入民間，努力向民歌學習，以方言俚語入詩，對新詩的內容和形式革新影響很大，周作人稱讚他和沈尹默是當時最具「詩人的天分」的詩人。一生編著極豐，有《瓦釜集》、《揚鞭集》、《半農雜文》、《國外民歌譯》、《法國短篇小說集》、《中國俗曲總目稿》、《中國文法講話》等等。

課文

天上飄著些微雲，
地上吹著些微風。
啊！
微風吹動了我頭髮，
教我如何不想她？

月光戀愛著海洋，
海洋戀愛著月光。
啊！
這般蜜也似的銀夜，
教我如何不想她？

水面落花慢慢流，
水底魚兒慢慢游。
啊！
燕子你說些什麼話？
教我如何不想她？

枯樹在冷風裏搖，
野火在暮色中燒，
啊！
西天還有些兒殘霞，
教我如何不想她？

賞 析

　　這首詩是以戀歌形式表現，當時作者身處異鄉，故詩中的「她」，可以是祖國，也可以是戀人。詩中的「我」，對著微雲、微風、落花、游魚、月光、殘霞，脫口道出：「教我如何不想她！」文字極為淺白，情境更是動人。

　　全詩共四節，以整齊的格式，重複的句子，表現鮮明節奏。每節都以外在物象起興，天上飄著的「微雲」和地上吹著的「微風」，依戀著海水的「月光」與依戀著月光的「海洋」，「落花」和水底的「魚兒」，冷風中的「枯樹」與暮色中的「野火」，將兩相不同的物象加以連結，讓戀情不絕如縷，以景色拓展詩的意境。每節換韻，最後一行重複，委婉地表達思念之情。

　　西元一九二七年，趙元任為這首詩譜了曲，並在近千人集會上歌唱，對其中疊句「教我如何不想她」作了特殊的藝術處理。朱自清在〈唱新詩等等〉一文裏，曾對此做了介紹：「那疊句，他用了各種不同的調子，這樣，每一疊句便能與其各句的情韻密合無間了。」由於這首詩的內容和形式十分融洽，因此得到文藝界的好評。

問 題 討 論

一、請敘述「教我如何不想她」一詩中的情景交融意象。

二、才子趙元任為「教我如何不想她」一詩譜曲，更加豐富了詩歌的生命。對此你有何看法？

三、劉半農對新詩創作有何見解？

延 伸 閱 讀

一、《臺灣現代詩鑑賞》：趙天儀著，臺中：臺中市立文化中心，一九九八年。

二、《找尋現代詩的原點》：林亨泰著，彰化：彰化縣立文化中心，一九

九四年。

三、《中國現代詩》：張健著，臺北：五南，一九八九年。

四、《怎樣讀新詩》：黃維樑著，香港：學津，二〇〇二年。

如歌的行板 ①

● 瘂弦

題解

〈如歌的行板〉詩選自《瘂弦詩集》。原發表於西元一九六四年的《筆匯》雜誌。西元一九七七年出版的《中國當代十大詩人選集》，對瘂弦的作品有這樣的讚語：「瘂弦的詩有戲劇性，也有其思想性，有其鄉土性，也有其世界性，有其生之為生的詮釋，也有其死為死的哲學，甜是他的語言，苦是他的精神，他既是矛盾又和諧的統一體。他透過完美而獨特的意象，把詩轉化為一支溫柔而具震撼力的戀歌。」此一讚語，具體而微，貼切地含括了瘂弦外在的意象聲色之美，與內在的哲學圓轉之妙。

此詩題目的「如歌的」和「行板」都是音樂術語。瘂弦以音樂節奏的方式陳述日常生活中各種例行的事物，重複著「之必要」的語法，字面上表示生活中有許多堅持，其實隨著歲月，必要都成為不必要的妥協，此詩寫出歲月的矛盾心情。其中蘊含了作者理想的人生步調。

作者

瘂弦（西元一九三二年一　），本名王慶麟，河南南陽人。中學以前的教育在家鄉完成，西元一九四九年隨軍來臺，西元一九五四年政治作戰學校影劇系畢業；和洛夫、張默組成「創世紀詩社」。西元一九六六年九月應邀到美國愛荷華大學「國際作家工作坊」訪問兩年；西元一九七七年八月，獲美國威斯康辛大學東亞研究所碩士。曾任《幼獅文藝》主編、《聯合文學》月刊社長、《創世紀》詩刊發行人，現已退休，專事寫作。筆名的意義來自於陶淵明詩：「但識琴中趣，何勞弦上音」，無弦之琴是為瘂弦。

　　瘂弦，詩壇中的謙謙君子，對於詩人有獨到的眼光，擔任《幼獅文藝》主編時，以慧眼激勵了羅青，如今羅青已卓然成一大家。瘂弦較早接受超現實主義理論，其詩多關注人類生存的本質於現實社會的荒謬，具有很強的社會意義。瘂弦寫作題材偏重對社會悲苦小人物的關注，及現代社會陰暗面的反應與批判，主張詩有三個標準：思想要生、情感要真、技巧要新。他以獨特語風刻畫現代人的心靈圖像，喧囂而溫柔。創造了只以一本詩集卻影響深遠的傳奇。他的詩以音樂性著稱，著有詩集《瘂弦詩集》，詩評論集《中國新詩研究》。

課文

　　溫柔之必要

　　肯定之必要

　　一點點酒和木樨花②之必要

　　正正經經看一名女子走過之必要

　　君非海明威③此一起碼認識之必要

　　歐戰，雨，加農砲，天氣與紅十字會之必要

　　散步之必要

　　溜狗之必要

　　薄荷茶之必要

　　每晚七點鐘自證券交易所彼端

　　草一般飄起來的謠言之必要。旋轉玻璃門

　　之必要。盤尼西林之必要。暗殺之必要。晚報之必要

　　穿法蘭絨長褲之必要。馬票之必要

　　姑母遺產繼承之必要

　　陽臺、海、微笑之必要

懶洋洋之必要

而既被目為一條河總得繼續流下去的

世界老這樣總這樣：——

觀音在遠遠的山上

罌粟④在罌粟的田裏

注釋

①如歌的行板　「如歌的」和「行板」都是音樂術語。「如歌的」記在譜首速度術語之後或樂曲中間，以表達樂曲風格。

②木樨　亦作木犀，常綠亞喬木，俗稱桂花，秋開黃白小花，香濃。樨，音ㄒㄧ。

③海明威　出生於西元一八九九年，卒於一九六一年，被認為是二十世紀最著名的小說家之一。海明威出生於美國伊利諾伊州芝加哥市郊區的奧克帕克，晚年在愛德荷州凱徹姆的家中自殺身亡。著名小說《老人與海》，描述人能夠忍受痛苦，可以被毀，但意志不能被打敗，渺小的老人對抗外在環境，有歷盡滄桑的搏鬥過程。

④罌粟　音ㄧㄥ ㄙㄨㄟˋ，兩年生草木，花有紅、紫、白等色，種子如粟粒，未熟時採其白漿後即為鴉片。

賞析

　　這首詩以音樂的術語當題目，瘂弦想談的是自己的生命之歌，藉此引發讀者對自己生命的思索。詩中描寫人到中年，也許沒了執著與堅持，只能隨俗與妥協。反諷中暗示出「而既被目為一條河總得繼續流下去的」。本詩前面大量羅列陳述了日常生活中的事物和行為，如一般的生活態度、飲食、文學、戰爭、散步、遛狗、證券、醫療、讀報、喝茶等。及日常生活中的食、衣、住、行、育、樂等方面十九項「之必要」。既是「必要」，就是人們無法脫離的生活，甚至連戰爭、暗殺、謠言、貪婪

等，這些人類的罪惡行爲，在每個人的正常生活中也一樣「必要」，無法置身於事外，不能一日或缺。可以看出瘂弦擅長以現代人的生活語彙，靈活的編織意象，有強烈的趣味節奏感，並將存在主義的思想世俗化。其中有戰爭的意象，如歐戰、加農砲、暗殺；有無奈的意象，如溜狗、懶洋洋；有享受的意象，如酒和木樨花、微笑等，將三種意象交織而分置於各句，呈現出善惡似乎沒有分界，人類本來如此，一切都是「必要」，也似乎一切都沒有意義，一切都是「如歌的行板」。但最後兩句闡發哲理，「觀音在遠遠的山上」，觀音的慈悲和良善，雖是遙遠的存在，仍是可以仰望的。「罌粟在罌粟裡的田裡」，罌粟是有毒的植物，以此表明人類的獸性與罪惡也是同時存在。美好的神在山上，黑暗的毒素在田裡，善惡是如此分明。

此詩長短交錯，富有抑揚頓挫之美，起頭鏗鏘有力，結尾則有民謠平柔舒曼的意味。最後以「而既被目爲一條河總得繼續流下去的」，啓示每個人有每個人應走的路。全詩富有音樂之美，是瘂弦眞精神的呈現。瘂弦這首詩是淡的，淡中帶有一股甜味，仔細品嚐之後，甜中又埋藏一些隱約的酸辣，富有批判的味道。

問題討論

一、瘂弦詩善用口語，可否舉其詩集中的詩，勾畫出屬於口語的詩句，細加分析？

二、如果你寫〈如歌的行板〉，你會如何敘述十九項「之必要」？

三、請點出洛夫與張默所組成的「創世紀詩社」，在新詩發展史上的重要性。

延伸閱讀

一、《瘂弦詩集》：瘂弦著，臺北：洪範，一九八一年。

二、《中國新詩研究》：瘂弦著，臺北：洪範，一九八一年。

三、《膚淺》：張小虹著，臺北：聯合文學，二〇〇五年。

四、《現代新詩美學》：蕭蕭編，臺北：爾雅，二〇〇七年。

會笑的蓮

蕭湘鳳

題解

　　本詩選自《會笑的蓮》，是詩集的主題詩。作者將紫色的蓮與東坡詩「端坐紫金蓮，八風吹不動」的佛學境界作聯想，有意以古典題材創出新意。詩人洛夫曾評此詩讀過「令人通體舒暢」。

作者

　　蕭湘鳳（西元一九五六年一　），出生於高雄市鳳山區。輔仁大學中文研究所畢業，曾任教於輔英技術學院，現居民雄，目前爲國立中正大學博士候選人，任教於吳鳳科技大學。

　　就讀大學時，因《青年戰士報》主編羊令野的鼓勵，開始創作新詩。研究所時，受詩人羅青之影響，留意於後現代主義新詩的創作手法。作品散見各報章雜誌，詩風細膩溫婉，善於從細微處，描寫人生的悲喜交集。曾以一首〈落花時節又逢君〉獲得南區大專院校詩歌朗誦第一名。著有詩集《會笑的蓮》，學術作品《魏晉賦研究》、〈留得仲夏的書心〉等。

課文

　　紫色的蓮①開了又謝了又開了紫色的蓮

　　東坡②曾經端坐過的花

　　從晨曦裏醒來又在黑夜裏睡去

　　你秉燭也罷　蓮花是不賞月的

　　八風③總有一種難熬的南風④

令人熾熱如火

欲凋的蓮
泡在透明琉璃壺中
也是一種冰心
飲下 將雲閒有如蓮花仙子
笑開那清甜的夢

注釋

①蓮　荷花的別名。古人稱花為「芙渠」，葉為「荷」，果實為「蓮」，今蓮與荷混用。

②東坡　蘇軾在黃州時，築室於東坡，自號東坡居士。

③八風　佛教語，即「利、哀、毀、譽、稱、譏、苦、樂」，八種正反狀態。

④南風　夏天的熱風。此處明喻南城嘉義之炎熱。

賞析

　　此詩共分二個段落，第一段描繪蓮花的特色，如「紫色的蓮開了又謝了又開了紫色的蓮」，以「開謝開」三字，顯現蓮花在白天開放，黑夜閉合，隔天清晨又再開放的特性，所以第三句點出「你秉燭也罷／蓮花是不賞月的」呈現蓮花有自己的瀟灑性格。

　　第二段則將蓮花與生活美學相結合，蓮花香氣清雅，可以泡茶。作者將「欲凋的蓮／泡在透明琉璃壺中」，可以清楚的觀賞蓮花的色澤溶解在玻璃壺中的姿態，喝了，也許可以「蓮心蓮質」，出汙泥而不染吧！

問題討論

一、請尋找近代新詩中有關古典的題材，並說明如何轉化書寫。

二、蓮花在詩詞中，有何特殊意義？

三、現代主義詩人有何特質？請以羅青為例。

延伸閱讀

一、《現代詩入門：寫作與導讀》：蕭蕭著，臺北：故鄉，一九八二年。

二、《新詩三百首》（一九一七──一九九五）：張默、蕭蕭編，臺北：九
歌，一九九五年。

三、《如果遠方有戰爭》：余光中、洛夫等著，臺北：小知堂，二○○三
年。

四、《亞洲中文現代詩的都市書寫（一九四九──一九九九）》：陳大為
著，臺北：萬卷樓，二○○一年。

小說與戲曲 篇

大學 文學 欣賞

小說與戲曲導讀

　　小說是通過故事情節和環境的描寫，塑造人物性格，反映社會生活的文學作品；戲劇則將詩歌、音樂、舞蹈融為一體的舞臺藝術。

　　「小說」一詞最初出現在《莊子‧外物》：「飾小說以干縣令」，原指淺薄的言論，和後代「小說」的含義不同。神話、傳說和寓言，可說是中國小說的最早形式。上古神話和傳說，散見於《山海經》、《楚辭》、《淮南子》等著作中，其中，盤古開天、女媧補天、精衛填海、鯀禹治水、后羿射日、黃帝戰蚩尤、西王母娘娘等，都是耳熟能詳的故事。

　　寓言在先秦諸子書裡，蘊藏量相當豐富，《莊子》書中的坎井之蛙、運斤成風、庖丁解牛等；《孟子》書中的揠苗助長、齊人之福等；《列子》書中的扁鵲易心、杞人憂天、愚公移山等；《韓非子》書中的和氏獻璧、守株待兔、畫鬼等皆是。每一則故事，或幽默，或諷刺，極富哲理意味。

　　漢代小說，多屬後人依託。如相傳為東方朔撰的《神異經》、班固撰的《漢武帝故事》、劉向撰的《列仙傳》、伶玄撰的《飛燕外傳》等，內容多屬神仙怪異。這些神仙故事，對六朝志怪、唐代傳奇、兩宋平話，尤其明清雜劇，都有深遠的影響。

　　魏晉六朝的志怪小說特別發達，有鼓吹丹鼎符籙、肉體飛升；有宣揚輪迴報應、地獄天堂；有兜售奇門遁甲、卜筮靈驗；有歌頌豪俠氣概、愛憎情感等等。其中，干寶的《搜神記》搜集古今神祇靈異，人物變化，以證神道之不誣，其內容富贍，佳作頗多，時人稱譽干寶為「鬼之董狐」。〈董永亡父〉描寫孝子董永贏得天上織女的愛情；〈韓憑夫婦〉描寫韓憑夫婦的恩愛故事，都是書中名篇。尤其〈韓憑夫婦〉刻劃一對恩愛夫妻，至死不渝的愛情，用樹木做橋，以相思為子，化作鴛鴦，交頸悲鳴，為後

世留下一段淒豔動人的情話。現在敦煌變文中的〈韓朋賦〉，戲曲中的〈青陵臺〉，乃至不斷改編的〈梁祝故事〉，恐怕都是源自這篇小說。

唐人小說稱作「傳奇」，源於晚唐作家裴鉶的小說集取名《傳奇》，後人漸而將「傳奇」當作唐代小說的通名。唐代傳奇的出現，代表中國古典小說進入成熟期的里程碑，除了作品題材的多樣以外，其運筆的巧妙，想像的奇特，情節的曲折，以及人物刻劃的細膩，都具有現代小說的觀念與性質。唐代傳奇的內容，有寫虛幻人生的，如沈既濟的《枕中記》、李公佐的《南柯太守傳》等；有寫愛情故事的，如元稹的《鶯鶯傳》、陳元祐的《離魂記》等；有寫歷史故事的，如陳鴻的《長恨歌傳》等；有寫俠義故事的，如袁郊的《紅線傳》、杜光庭的《虯髯客傳》等等。這些小說不僅被文人才士視為藝術創作的瑰寶，而「南柯一夢」和「月下老人」等典故，也成為文人創作的素材。

兩宋小說通稱為「平話」，相當於今日的「白話小說」，與來自市井之中的講唱文學。流傳至今，只存《大宋宣和遺事》、《新編五代史平話》、《京本通俗小說》、《大唐三藏法師取經詩話》、《青瑣高議》等。《大宋宣和遺事》描述王安石變法、梁山泊聚義、宋徽宗愛戀名妓李師師等軼事，其中梁山泊故事是《水滸傳》的藍本。《新編五代史平話》是寫五代梁、唐、晉、漢、周的興亡盛衰，書中強調各代開國之君如劉知遠、柴榮、郭威等出身貧寒，從苦難中成長的始末，揭開了所謂真命天子的神秘外衣。《京本通俗小說》是當時短篇小說的總集，很像後來《今古奇觀》一類的書，其中〈碾玉觀音〉、〈拗相公〉、〈錯斬崔寧〉等篇，講述生動逼真，全面反映當代市井小民爭取愛情、生存、人權和地位的種種努力。《青瑣高議》和《京本通俗小說》相類，《大唐三藏法師取經詩話》是《西遊記》所本。

元代小說和宋代平話近似，仍以歷史故事為主要題材，但為了要長期吸引聽眾，把原來的「話本」篇幅加長，材料充實，「欲知後事如何，且聽下回分解」章回小說的形式，由此成立。明清小說稱為「章回小說」，明代近三百年的文壇，以小說為主流，不但承繼宋元話本懲惡勸善的教育功能，同時更宣揚了傳統文化的精神，對社會的影響遠大於四書、五經。

《三國演義》、《水滸傳》、《西遊記》、《金瓶梅》號稱「四大奇書」；《四遊記》、《封神榜》、《三寶太監下西洋》為「神魔小說」；《三言二拍》、《今古奇觀》又稱「擬話本」。

明代除長篇小說大放光彩外，雜劇傳奇，也有不朽的成就。雜劇在元代已燦然大備，關漢卿的《竇娥冤》、馬致遠的《漢宮秋》、白樸的《梧桐雨》、鄭光祖的《倩女離魂》、王實甫的《西廂記》等等，都在中國文學藝術上極一時之盛。明代在元曲的基礎上發展而成的戲劇，稱為「傳奇」。明初，高明的《琵琶記》以及「荊」、「劉」、「拜」、「殺」四大本，造成中國戲曲上的一大變革。逮及湯顯祖一出，他的「臨川四夢」——《紫釵記》、《牡丹亭》、《南柯記》、《邯鄲記》，光彩精豔，最受才子佳人的歡迎。

清代以異族入主中原，文字獄不斷，文學的成果卻非凡。以戲劇而言，洪昇的《長生殿》衍述唐明皇與楊貴妃的愛情故事，孔尚任的《桃花扇》藉著江南才子侯方域與秦淮名妓李香君的悲歡離合之情，描寫南明興廢之痛，都是被推為偉大的戲曲作品。至於小說，蒲松齡的《聊齋志異》，是六朝志怪、唐代傳奇、宋元話本中「搜奇記逸」的總匯，成為中國文言短篇小說的絕響。吳敬梓的《儒林外史》，是描寫儒林敗類的百醜圖，可說集中國諷刺文學的大成。曹雪芹的《紅樓夢》，以賈寶玉、林黛玉的愛情悲劇為中心線索，配以金陵十二釵，描寫舊時代大家庭興衰沒落的必然命運，不僅是中國章回小說中登峰造極之作，言情小說的冠冕，更引起國際學術界的重視，形成了專門的「紅學」研究風潮。此外，俞樾的《七俠五義》等以俠義公案為主，劉鶚的《老殘遊記》、吳研人的《二十年目睹之怪現狀》、李伯元的《官場現形記》等等，以揭露社會黑暗為內容。至於林紓以古文筆法翻譯西洋小說一百七十餘部，開啟民國以後的新小說發展的契機。

民國開元，小說和戲劇均別開蹊徑。在戲劇方面，平劇和話劇傲視梨園，電視連續劇更是風靡全民。曹禺的《雷雨》，老舍的《面子問題》，顧一樵的《古城烽火》等，皆屬名作。在小說方面，受到清末翻譯小說和西方文學的影響，出現有別於傳統章回形式架構的「現代小說」，誠如梁

啟超〈論小說與群治的關係〉一文所說：「欲新一國之民，不可不先新一國之小說。……何以故？小說有不可思議之力，支配人道故。」現代小說如雨後春筍般地蓬勃發展，魯迅的《狂人日記》、沈從文的《邊城》等，都成了一時之選，無論是民情風俗、世道人心，均起了很大的作用和影響。之後，政府遷移至臺，小說的內容，具有濃厚的臺灣風土民情，例如，白先勇的《臺北人》、王文興的《家變》、黃春明的《兒子的大玩偶》、賴和的《一桿稱仔》、鍾理和《笠山農場》、王禎和的《嫁妝一牛車》、蕭颯的《我兒漢生》、張曼娟的《海水正藍》等等，風行海內，蜚譽文壇。

錯斬崔寧（節選）

●　宋人話本

題解

　　本文節選自《京本通俗小說》，是宋代話本小說，內容敘述宋代昏官庸吏的草菅人命，屈打成招而亂殺無辜的冤獄。清代朱素臣將其改編為戲曲〈雙熊夢傳奇〉，即有名的〈十五貫〉，近年崑劇和京劇版的〈十五貫〉都經常演出，成為家喻戶曉的故事。

　　宋代隨著手工業的發展與商業的繁榮，都市發達，城市人口增多，在城市中出現了一些公共場所，稱作「瓦肆」（或「瓦舍」、「瓦子」）。在這些瓦肆中集結了表演游藝、雜耍、歌舞、戲劇和說故事的藝人。說故事的藝人稱作「說話人」，說話人的底本即稱之為「話本」。這種話本包括小說、佛經、講史等類，大都是一些無名的民間藝人創作出來的作品。

　　宋代話本小說比起前代小說有許多進步之處，如在內容上，突破了志人、志怪及傳奇小說只限於寫社會上層封建士子生活的狹窄範圍，反映了許多官場腐敗和青年男女追求愛情、婚姻自由及社會矛盾的現象。在用語上，志人、志怪及傳奇小說都是文言文，而話本則是白話文，便於表達現實生活。在結構上，話本在故事之前，往往先用一首詩或一闋詞開頭；過程中，每逢美人、風景、戰爭、結婚等特殊場面，都要引證詩詞韻語，借以強調意蘊或渲染氣氛；結尾時，又引詩為證，以達到安定情緒，加深印象，勸戒聽眾的作用。更為了吸引聽眾以後再來聽講，往往選擇故事引人入勝處突然中止，因而出現了分「回」講述。這些特點，大多都為以後的章回小說所吸收和運用。在組織上，有專門替說話人編寫話本的文人行會組織稱之為「書會」。書會中人一般稱為「書會先生」，又稱「才人」，其成員大部分是科舉失意但有一定才學和社會知識的文士，也有一部分是

低位的官吏和醫生、術士、商人，使民間說話呈現職業化與商業化。

作者

佚名。

課文

　　卻說高宗①時，建都臨安，繁華富貴，不減那汴京故國。去那城中箭橋左側，有個官人，姓劉名貴，字君薦，祖上原是有根基的人家，到得君薦手中，卻是時乖運蹇②。先前讀書，後來看看不濟③，卻去改業做生意。便是半路上出家的一般，買賣行中，一發不是本等伎倆④，又把本錢消折去了。漸漸大房改換小房，賃得兩三間房子，與同渾家王氏，年少齊眉⑤。後因沒有子嗣，娶下一個小娘子，姓陳，是陳賣糕的女兒，家中都呼為二姐。這也是先前不十分窮薄的時，做下的勾當⑥。至親三口，並無閒雜人在家。那劉君薦，極是為人和氣，鄉里見愛，都稱他：「劉官人，你是一時運限⑦不好，如此落寞，再過幾時，定須有個亨通的日子。」說便是這般說，那得有些些好處？只是在家納悶，無可奈何。

　　卻說一日閒坐家中，只見丈人家裏的老王，年近七旬，走來對劉官人說道：「家間老員外生日，特令老漢接取官人娘子，去走一遭。」劉官人便道：「便是我日逐愁悶過日子，連那泰山的壽誕也都忘了。」便同渾家王氏，收拾隨身衣服，打疊個包兒，交與老王背了，分付二姐：「看守家中，今日晚了，不能轉回，明晚須索⑧來家。」說了就去。離城二十餘里，到了丈人王員外

家，敘了寒溫。當日坐間客眾，丈人女婿，不好十分敘述許多窮相。到得客散，留在客房裏宿歇。

直至天明，丈人卻來與女婿攀話，說道：「姐夫⑨，你須不是這等算計，坐吃山空，立吃地陷，咽喉深似海，日月快如梭。你須計較一個常便⑩。我女兒嫁了你，一生也指望豐衣足食，不成只是這等就罷了。」劉官人歎了一口氣道：「是。泰山在上，道不得個上山擒老虎易，開口告人難。如今的時勢，再有誰似泰山這般看顧我的。只索守困⑪，若去求人，便是勞而無功。」丈人便道：「這也難怪你說。老漢卻是看你們不過，今日資助⑫你些少本錢，胡亂去開個柴米店，撰得些利息來過日子，卻不好麼？」劉官人道：「感蒙泰山恩顧，可知是好。」當下吃了午飯，丈人取出十五貫⑬錢來，付與劉官人道：「姐夫，且將這些錢去，收拾起店面，開張有日，我便再應付你十貫。你妻子且留在此過幾日，待有了開店日子，老漢親送女兒到你家，就來與你作賀，意下如何？」

卻說劉官人馱了錢，一步一步捱到家中。敲門已是點燈時分，小娘子二姐獨自在家，沒一些事做，守得天黑，閉了門，在燈下打瞌睡。劉官人打門，他那裏便聽見。敲了半晌，方才知覺，答應一聲來了，起身開了門。劉官人進去，到了房中，二姐替劉官人接了錢，放在桌上，便問：「官人何處那移這項錢來，卻是甚用？」那劉官人一來有了幾分酒，二來怪他開得門遲了，且戲言嚇他一嚇，便道：「說出來，又恐你見怪；不說時，又須通你得知。只是我一時無奈，沒計可施，只得把你典與一個客人，又因捨不得你，只典得十五貫錢。若是我有些好處，加利贖

你回來。若是照前這般不順溜⑭，只索罷了。」

那小娘子聽了，欲待不信，又見十五貫錢堆在面前；欲待信來，他平白與我沒半句言語，大娘子又過得好，怎麼便下得這等狠心辣手。疑狐不決，只得再問道：「雖然如此，也須通知我爹娘一聲。」劉官人道：「若是通知你爹娘，此事斷然不成。你明日且到了人家，我慢慢央人與你爹娘說通，他也須怪我不得。」小娘子又問：「官人今日在何處吃酒來？」劉官人道：「便是把你典與人，寫了文書，吃他的酒，才來的。」小娘子又問：「大姐姐如何不來？」劉官人道：「他因不忍見你分離，待得你明日出了門才來，這也是我沒計奈何，一言為定。」說罷，暗地忍不住笑，不脫衣裳，睡在床上，不覺睡去了。

那小娘子好生擺脫不下：「不知他賣我與甚色樣⑮人家？我須先去爹娘家裏說知。就是他明日有人來要我，尋到我家，也須有個下落。」沉吟了一會，卻把這十五貫錢，一垜兒堆在劉官人腳後邊，趁他酒醉，輕輕的收拾了隨身衣服，款款的⑯開了門出去，拽上⑰了門。卻去左邊一個相熟的鄰舍，叫做朱三老兒家裏，與朱三媽宿了一夜，說道：「丈夫今日無端賣我，我須先去與爹娘說知。煩你明日對他說一聲，既有了主顧，可同我丈夫到爹娘家中來討個分曉，也須有個下落。」那鄰舍道：「小娘子說得有理，你只顧自去，我便與劉官人說知就理。」過了一宵，小娘子作別去了不題。正是：

鼇魚脫卻金鉤去，擺尾搖頭再不回。

　　卻說那小娘子，清早出了鄰舍人家，挨上路去，行不上一二里，早是腳疼走不動，坐在路旁。卻見一個後生，頭帶萬字頭巾⑱，身穿直縫寬衫⑲，背上馱了一個搭膊，裏面卻是銅錢，腳下絲鞋淨襪，一直走上前來。到了小娘子面前，看了一看，雖然沒有十二分顏色，卻也明眉皓齒，蓮臉生春，秋波送媚，好生動人。正是：

野花偏豔目，村酒醉人多。

　　那後生放下搭膊⑳，向前深深作揖：「小娘子獨行無伴，卻是往那裏去的？」小娘子還了萬福㉑，道：「是奴家要往爹娘家去，因走不上，權歇在此。」因問：「哥哥是何處來？今要往何方去？」那後生叉手不離方寸㉒：「小人是村裏人，因往城中賣了絲帳，討得些錢，要往褚家堂那邊去的。」小娘子道：「告哥哥則個㉓，奴家爹娘也在褚家堂左側，若得哥哥帶挈奴家，同走一程，可知是好。」那後生道：「有何不可。既如此說，小人情願伏侍小娘子前去。」

　　兩個廝趕㉔著，一路正行，行不到二三里田地，只見後面兩個人腳不點地㉕，趕上前來。趕得汗流氣喘，衣服拽開，連叫：「前面小娘慢走，我卻有話說知。」小娘子與那後生看見趕得蹺蹊，都立住了腳。後邊兩個趕到跟前，見了小娘子與那後生，不容分說，一家扯了一個，說道：「你們幹得好事。卻走往那裏去？」小娘子吃了一驚，舉眼看時，卻是兩家鄰舍，一個就是小娘子昨夜借宿的主人。小娘子便道：「昨夜也須告過公公得知，丈夫無端賣我，我自去對爹娘說知；今日趕來，卻有何

說？」朱三老道：「我不管閒帳，只是你家裏有殺人公事，你須回去對理。」小娘子道：「丈夫賣我，昨日錢已馱在家中，有甚殺人公事？我只是不去。」朱三老道：「好自在性兒！你若真個不去，叫起地方㉖有殺人賊在此，煩為一捉，不然，須要連累我們。你這裏地方也不得清淨。」那個後生見不是話頭，便對小娘子道：「既如此說，小娘子只索回去，小人自家去休㉗。」那兩個趕來的鄰舍，齊叫起來說道：「若是沒有你在此便罷，既然你與小娘子同行同止，你須也去不得。」那後生道：「卻又古怪，我自半路遇見小娘子，偶然伴他行一程，路途上有甚皂絲麻線㉘，要勒掯㉙我回去？」朱三老道：「他家有了殺人公事，不爭放你去了，卻打沒對頭官司！」當下怎容小娘子和那後生做主。看的人漸漸立滿，都道：「後生你去不得。你日間不作虧心事，半夜敲門不吃驚。便去何妨！」那趕來的鄰舍道：「你若不去，便是心虛，我們卻和你罷休不得。」四個人只得廝挽著一路轉來。

到得劉官人門首，好一場熱鬧。小娘子入去看時，只見劉官人斧劈倒在地死了，床上十五貫錢分文也不見。開了口合不得，伸了舌縮不上去。那後生也慌了，便道：「我恁的晦氣。沒來由和那小娘子同走一程，卻做了干連人。」眾人都和鬧著。正在那裏分豁㉚不開，只見王老員外和女兒一步一顛走回家來，見了女婿身屍，哭了一場，便對小娘子道：「你卻如何殺了丈夫？劫了十五貫錢，逃走出去？今日天理昭然，有何理說。」小娘子道：「十五貫錢，委是㉛有的。只是丈夫昨晚回來，說是無計奈何，將奴家典與他人，典得十五貫身價在此，說過今日便要奴家

到他家去。奴家因不知他典與甚色樣人家，先去與爹娘說知，故此趁夜深了，將這十五貫錢，一堆兒堆在他腳後邊，拽上門，借朱三老家住了一宵，今早自去爹娘家裏說知。我去之時，也曾央朱三老對我丈夫說，既然有了主兒，便同到我爹娘家裏來交割，卻不知因甚殺死在此？」那大娘子道：「可又來！我的父親昨日明明把十五貫錢與他馱來作本，養贍妻小，他豈有哄你說是典來身價之理？這是你兩日因獨自在家，勾搭上了人，又見家中好生不濟，無心守耐，又見了十五貫錢，一時見財起意，殺死丈夫，劫了錢，又使見識㉜，往鄰舍家借宿一夜，卻與漢子通同計較，一處逃走。現今你跟著一個男子同走，卻有何理說，抵賴得過。」眾人齊聲道：「大娘子之言，甚是有理。」又對那後生道：「後生，你卻如何與小娘子謀殺親夫？卻暗暗約定在僻靜處等候一同去，逃奔他方，卻是如何計結。」那人道：「小人自姓崔名寧，與那小娘子無半面之識。小人昨晚入城，賣得幾貫絲錢在這裏，因路上遇見小娘子，小人偶然問起往那裏去的，卻獨自一個行走。小娘子說起是與小人同路，以此作伴同行，卻不知前後因依㉝。」

眾人那裏肯聽他分說，搜索他搭膊中，恰好是十五貫錢，一文也不多，一文也不少。眾人齊發起喊來道：「是天網恢恢，疏而不漏。你卻與小娘子殺了人，拐了錢財，盜了婦女，同往他鄉，卻連累我地方鄰里打沒頭官司。」

當下大娘子結扭了小娘子，王老員外結扭了崔寧，四鄰舍都是證見，一關都入臨安府中來。那府尹聽得有殺人公事，即便陞堂，便叫一干人犯，逐一從頭說來。先是王老員外上去，告

說：「相公在上，小人是本府村莊人氏，年近六旬，只生一女。先年嫁與本府城中劉貴為妻，後因無子，娶了陳氏為妾，呼為二姐。一向三口在家過活，並無片言。只因前日是老漢生日，差人接取女兒女婿到家，住了一夜。次日，因見女婿家中全無活計，養贍不起，把十五貫錢與女婿作本，開店養身。卻有二姐在家看守。到得昨夜，女婿到家時分，不知因甚緣故，將女婿斧劈死了，二姐卻與一個後生，名喚崔寧，一同逃走，被人追捉到來。望相公可憐見老漢的女婿，身死不明，奸夫淫婦，臟證現在，伏乞相公明斷。」

府尹聽得如此如此，便叫陳氏上來：「你卻如何通同奸夫殺死了親夫，劫了錢，與人一同逃走，是何理說？」二姐告道：「小婦人嫁與劉貴，雖是個小老婆，卻也得他看承[34]得好，大娘子又賢慧，卻如何肯起這片歹心？只是昨晚丈夫回來，吃得半酣，馱了十五貫錢進門。小婦人問他來歷，丈夫說道，為因養贍不周，將小婦人典與他人，典得十五貫身價在此，又不通我爹娘得知，明日就要小婦人到他家去。小婦人慌了，連夜出門，走到鄰舍家裏，借宿一宵。今早一徑先往爹娘家去，教他對丈夫說，既然賣我有了主顧，可到我爹媽家裏來交割。才走得到半路，卻見昨夜借宿的鄰家趕來，捉住小婦人回來，卻不知丈夫殺死的根由。」那府尹喝道：「胡說！這十五貫錢，分明是他丈人與女婿的，你卻說是典你的身價，眼見的沒巴臂[35]的說話了。況且婦人家，如何黑夜行走？定是脫身之計。這樁事須不是你一個婦人家做的，一定有奸夫幫你謀財害命，你卻從實說來。」

那小娘子正待分說，只見幾家鄰舍一齊跪上去告道：「相公

的言語，委是青天。他家小娘子，昨夜果然借宿在左鄰第二家的，今早他自去了。小的們見他丈夫殺死，一面著人去趕，趕到半路，卻見小娘子和那一個後生同走，苦死不肯回來。小的們勉強捉他轉來，卻又一面著人去接他大娘子與他丈人，到時，說昨日有十五貫錢，付與女婿做生理的。今者女婿已死，這錢不知從何而去。再三問那小娘子時，說道：他出門時，將這錢一堆兒堆在床上。卻去搜那後生身邊，十五貫錢，分文不少。卻不是小娘子與那後生通同謀殺？贓證分明，卻如何賴得過？」

府尹聽他們言言有理，就喚那後生上來道：「帝輦之下㊱，怎容你這等胡行？你卻如何謀了他小老婆，劫了十五貫錢，殺死他親夫？今日同往何處？從實招來。」那後生道：「小人姓崔名寧，是鄉村人氏。昨日往城中賣了絲，賣得這十五貫錢。今早偶然路上撞著這小娘子，並不知他姓甚名誰，那裏曉得他家殺人公事？」府尹大怒喝道：「胡說。世間不信有這等巧事。他家失去了十五貫錢，你卻賣的絲恰好也是十五貫錢，這分明是支吾㊲的說話了。況且他妻莫愛，他馬莫騎，你既與那婦人沒甚首尾㊳，卻如何與他同行共宿？你這等頑皮賴骨，不打，如何肯招？」

當下眾人將那崔寧與小娘子，死去活來，拷打一頓。那邊王老員外與女兒併一干鄰佑人等，口口聲聲咬他二人。府尹也巴不得了結這段公案。拷訊一回，可憐崔寧和小娘子，受刑不過，只得屈招了，說是一時見財起意，殺死親夫，劫了十五貫錢，同姦夫逃走是實。左鄰右舍都指畫了「十」字，將兩人大枷枷了，送入死囚牢裏。將這十五貫錢，給還原主，也只好奉與衙門中人做使用，也還不勾哩。府尹疊成文案，奏過朝廷，部覆申詳㊴，倒

下聖旨，說：「崔寧不合奸騙人妻，謀財害命，依律處斬。陳氏不合通同奸夫，殺死親夫，大逆不道，凌遲⁣⁴⁰示眾。」當下讀了招狀，大牢內取出二人來，當廳判一個斬字，一個剮⁣⁴¹字，押赴市曹，行刑示眾。兩人渾身是口，也難分說。正是：

啞子謾嘗黃蘗⁣⁴²味，難將苦口對人言。

　　看官聽說：這段公事，果然是小娘子與那崔寧謀財害命的時節，他兩人須連夜逃走他方，怎的又去鄰舍人家借宿一宵？明早又走到爹娘家去，卻被人捉住了？這段冤枉，仔細可以推詳出來。誰想問官糊塗，只圖了事，不想捶楚之下，何求不得。冥冥之中，積了陰騭⁣⁴³，遠在兒孫近在身。他兩個冤魂，也須放你不過。所以做官的，切不可率意斷獄，任情用刑，也要求個公平明允。道不得個死者不可復生，斷者不可復續，可勝歎哉！

　　閒話休題。卻說那劉大娘子到得家中，設個靈位，守孝過日。父親王老員外勸他轉身⁣⁴⁴，大娘子說道：「不要說起三年之久，也須到小祥⁣⁴⁵之後。」父親應允自去。光陰迅速，大娘子在家，巴巴結結，將近一年。父親見他守不過，便叫家裏老王去接他來，說：「叫大娘子收拾回家，與劉官人做了周年，轉了身去罷。」大娘子沒計奈何，細思：「父言亦是有理。」收拾了包裹，與老王背了，與鄰舍家作別，暫去再來。

　　不想那大王自得了劉大娘子之後，不上半年，連起了幾主大財，家間也豐富了。大娘子甚是有識見，早晚用好言語勸他：「自古道：『瓦罐不離井上破，將軍難免陣中亡。』你我兩

人，下半世也勾吃用了，只管做這沒天理的勾當，終須不是個好
結果。卻不道是梁園雖好，不是久戀之家⑯，不若改行從善，做
個小小經紀，也得過養身活命。」那大王早晚被他勸轉，果然回
心轉意，把這門道路撇了，卻去城市間賃下一處房屋，開了一個
雜貨店。遇閒暇的日子，也時常去寺院中，念佛赴齋。

　　忽一日在家閒坐，對那大娘子道：「我雖是個剪徑的出身，
卻也曉得冤各有頭，債各有主。每日間只是嚇騙人東西，將來過
日子，後來得有了你，一向不大順溜，今已改行從善。閒來追思
既往，正會枉殺了兩個人，又冤陷了兩個人，時常掛念。思欲做
些功德，超度他們，一向不曾對你說知。」大娘子便道：「如何
是枉殺了兩個人？」那大王道：「一個是你的丈夫，前日在林子
裏的時節，他來撞我，我卻殺了他。他須是個老人家，與我往日
無仇，如今又謀了他老婆，他死也是不肯甘心的。」大娘子
道：「不恁地時，我卻那得與你廝守？這也是往事，休題
了。」又問：「殺那一個，又是甚人？」那大王道：「說起來這
個人，一發天理上放不過去，且又帶累了兩個人無辜償命。是一
年前，也是賭輸了，身邊並無一文，夜間便去掏摸些東西。不想
到一家門首，見他門也不閂。推進去時，裏面並無一人。摸到門
裏，只見一人醉倒在床，腳後卻有一堆銅錢，便去摸他幾貫。正
待要走，卻驚醒了。那人起來說道：『這是我丈人家與我做本錢
的，不爭你偷去了，一家人口都是餓死。』起身搶出房門。正待
聲張起來，是我一時見他不是話頭，卻好一把劈柴斧頭在我腳
邊，這叫做人急計生，綽起斧來，喝一聲道，『不是我，便是
你。』兩斧劈倒。卻去房中將十五貫錢，盡數取了。後來打聽得

他，卻連累了他家小老婆，與那一個後生，喚做崔寧，冤枉了他謀財害命，雙雙受了國家刑法。我雖是做了一世強人，只有這兩樁人命，是天理人心打不過去的。早晚還要超度他，也是該的。」

那大娘子聽說，暗暗地叫苦：「原來我的丈夫也吃這廝殺了，又連累我家二姐與那個後生無辜受戮。思量起來，是我不合當初做弄他兩人償命，料他兩人陰司中，也須放我不過。」當下權且歡天喜地，並無他說。明日捉個空，便一徑到臨安府前，叫起屈來。

那時換了一個新任府尹，才得半月，正直陞廳，左右捉將那叫屈的婦人進來。劉大娘子到於階下，放聲大哭，哭罷，將那大王前後所為：「怎的殺了我丈夫劉貴。問官不肯推詳，含糊了事，卻將二姐與那崔寧，朦朧償命。後來又怎的殺了老王，姦騙了奴家。今日天理昭然，一一是他親口招承。伏乞相公高抬明鏡，昭雪前冤。」說罷又哭。

府尹見他情詞可憫，即著人去捉那靜山大王到來，用刑拷訊，與大娘子口詞一些不差。即時問成死罪，奏過官裏。待六十日限滿，倒下聖旨來：「勘得靜山大王謀財害命，連累無辜，准律⑰：殺一家非死罪三人者，斬加等，決不待時⑱。原問官斷獄失情，削職為民。崔寧與陳氏枉死可憐，有司訪其家，諒行優恤。王氏既係強徒威逼成親，又能伸雪夫冤，著將賊人家產，一半沒入官，一半給與王氏養贍終身。」

劉大娘子當日往法場上，看決了靜山大王，又取其頭去祭獻亡夫，並小娘子及崔寧，大哭一場。將這一半家私捨入尼姑庵

中，自己朝夕看經念佛，追薦亡魂，盡老百年而終。有詩為證：

善惡無分總喪軀，只因戲語釀殃危。

勸君出話須誠實，口舌從來是禍基。

注釋

①高宗　南宋高宗。

②時乖運蹇　時運不好。蹇，音ㄐㄧㄢˇ，跛，形容行事困難不順。

③不濟　不成，不能維持。

④本等伎倆　原有的本領。

⑤年少齊眉　年紀輕輕即結為夫妻，相敬相愛。

⑥勾當　事情。

⑦運限　運氣和限數，命運只能達到的限數。

⑧須索　一定要。

⑨姐夫　丈人對其女婿客氣的稱呼。

⑩常便　長遠的打算。

⑪只索守困　只得過窮困的日子。

⑫賫助　幫助，襄助。賫，音ㄐㄧ，同「齎」，資。

⑬貫　用繩把錢串起來，一千錢為一貫，做為計算單位。

⑭順溜　順利。

⑮甚色樣　什麼樣，哪一種。

⑯款款的　慢慢地。

⑰拽上　拉上。拽，音ㄧㄝˋ。

⑱萬字頭巾　繡有卍字的頭巾。

⑲衫　音ㄓㄣˇ，禪衣，即無裡不重之單衣。

⑳搭膊　掛在肩上包袱。

㉑萬福　舊時婦女行禮時，兩手合捏放在腰側，微微點頭下蹲，口中還要
　　道聲「萬福」。

㉒叉手不離方寸　拱手行禮。

㉓則個　句末加強語氣助詞。

㉔廝趕　合伴同行。

㉕腳不點地　形容走得很快。

㉖地方　指地方上的里正、保甲。

㉗休　罷了，算了。

㉘皂絲麻線　意指糾葛牽連。

㉙勒掯　脅迫勒索。掯，音ㄎㄣˋ，刁難。

㉚分豁　分辨，擺脫。

㉛委是　的確是。

㉜使見識　指運用計謀。

㉝前後因依　事情前後的來龍去脈。

㉞看承　看待。

㉟巴臂　同「把柄」，憑據的意思。

㊱帝輦之下　京城所在之地。輦，音ㄋㄧㄢˇ，皇帝坐的車子。

㊲支吾　應付，以詭詐之言抵拒。

㊳沒甚首尾　沒有什麼關係。

㊴部覆申詳　刑部衙門批覆了處理辦法。

㊵凌遲　古代酷刑，將人身上的肉一刀一刀割下，直到將肉刮盡才剖腹斷
　　首。

㊶剮　音ㄍㄨㄚˇ，剔肉置骨，即凌遲之刑。

㊷黃糵　一種味苦的草藥。糵，音ㄅㄛˋ。

㊸陰騭　暗中由天所安排的吉凶禍福。騭，音ㄓˋ。

㊹轉身　再嫁。

㊺小祥　服喪週年期滿。

㊻梁園雖好，不是久戀之家　梁園雖好，終究不是自己的家，難以久戀，
　　此意是勸人勿久戀美景，終會招致惡果。梁園是漢梁孝王劉武在開封所
　　築的名園，用來接待各方文士賓客。

㊼准律　依照律法。

㊽決不待時　古代慣例處決死囚，多在秋後，若是案情重大、罪大惡極
　　者，便立即執行。

賞析

〈錯斬崔寧〉這則冤案小說，人物栩栩如生，場景刻劃如臨其境，關鍵處描寫得生動而細膩，情節亦是緊湊而細密，使人彷彿親身經歷目睹了此一悲劇的發生。

明代馮夢龍收入《醒世恆言》，以「十五貫戲言成巧禍」為題，突出了「戲言」與「巧」在這則故事裏的重要性。戲言之成禍，正如文章最後引詩所言：「勸君出話須誠實，口舌從來是禍基」，道出了語言使用的謹慎性；而文章中一連串巧合的安排，如陳二姐聽得丈夫將其典當，不住自家而借宿鄰人之家，方使得歹徒有機可乘，為一巧；又陳二姐巧遇崔寧，又恰好二人皆欲是前往褚家堂的方向前去，故萌生同行的念頭；而鄰人追趕至陳二姐，恰巧其當時與崔寧同行，引人疑竇，而崔寧賣絲帳討得的錢恰好也是十五貫……等，種種巧合的安排，構成這篇故事的張力與高度的戲劇性，由「巧」而生禍，由「巧」而除冤的首尾安排，是這篇話本最為人稱奇之所在。

另外，故事中的冤情，最後由作案的靜山大王，因良心不安而偶然巧合供錄出整個事件的經過，應證了傳統「天道好還」的觀念。此外，故事中也反映了當時的一些社會現象，如：妾在家庭中的地位低落，故事中的劉貴平時在家與妾陳二姐不甚言語，甚至言欲將其典賣，陳二姐毫無怨言亦無任何反駁之力，任憑丈夫的安排，其唯一能努力的，便是先告知父母，以盡其為人子女之孝道；劉貴與陳二姐夫妻之間並非因愛情而結合，而是為傳宗接代，兩人之間的相處，於對方性情、行為處事等並非十分瞭解，若能充分瞭解對方並信任對方，戲言典賣便無由發揮效力，也不致於弄巧成拙，弄出人命。故事中的昏官斷然定案枉送人命，也反映出訟獄制度之種種缺陋。凡此，皆是在「巧合」的主題之外，足以發人省思之處。

問題討論

一、〈錯斬崔寧〉這篇話本故事中，什麼因素是串聯故事的主要方式？請將其一一指出。

二、如果你是〈錯斬崔寧〉故事中的判官，面對如此多的巧合，你要如何找出疑點來斷理此案？

延伸閱讀

一、《中國小說比較研究》：侯健著，臺北：東大，一九八三年。

二、《中國小說美學》：葉朗著，臺北：里仁，一九八七年。

三、《喻世明言》：明‧馮夢龍著，臺北：里仁，一九九一年。

四、《警世通言》：明‧馮夢龍著，臺北：里仁，一九九一年。

五、《醒世恆言》：明‧馮夢龍著，臺北：里仁，一九九一年。

六、《中國愛情與兩性關係——中國小說研究》：何滿子著，臺北：臺灣商務，一九九五年。

七、〈「錯斬崔寧」的主題思想與情節設計〉：江雅茹著，《臺灣戲專學刊》，二〇〇一年五月。

八、〈「錯斬」與「戲言」的意義——談「錯斬崔寧」的人物、情節與主題〉：王隆升著，《輔仁國文學報》，二〇〇一年十一月。

九、〈偶然與必然的連環巧合——細論「十五貫戲言成巧禍」〉：陳秋良著，《古今藝文》，二〇〇四年年五月。

齡官①畫薔②（節選）

● 曹雪芹

題解

　　本文節選自《紅樓夢》第三十回「寶釵借扇機帶雙敲　齡官劃薔痴及局外」，描寫賈寶玉在大觀園窺視《紅樓夢》中十二戲子之一的齡官在雨中畫字的情癡。在《紅樓夢》中，〈齡官畫薔〉足與〈黛玉葬花〉媲美，不僅展現大觀園裏青春女子各具性情之美，更是透顯千古情人獨我癡的情境。

作者

　　曹雪芹（西元一七一六？——一七六三年），名霑，字夢阮，號雪芹、芹圃、芹溪，先祖原是漢人，後入旗籍，為滿清正白旗人。曾祖母曾任康熙的奶媽，祖父曹寅是康熙幼年時期的伴讀，故曹家自曹璽、曹寅、曹顒、曹頫，歷經三代共有四人世襲「江寧織造」一職，可說是掌握權勢的百年望族。

　　雪芹出生在南京，工詩善畫，嗜酒狷狂。早年在富貴家族中享盡榮華，後因其父曹頫虧空公款遭免職抄家，全家遷返北京，家道從此中落。晚年即靠賣書畫為生，生活困頓，貧病纏身而卒，身後只留下歷時十年尚待完成的《紅樓夢》（原名《石頭記》）一書。

　　《紅樓夢》一百二十回，一般認為前八十回為曹雪芹所作，書未成，因子夭折，淚盡而亡，後四十回由高鶚所續。全書以賈寶玉和林黛玉一場生死戀情為主線，架構出賈、王、史、薛四大家庭的興衰史，是一部中國古典小說的極品，也是世界文學之寶。

課文

　　且說那寶玉見王夫人醒來，自己沒趣，忙進大觀園來。只見赤日當空，樹陰匝地，滿耳蟬聲，靜無人語。剛到了薔薇花架，只聽有人哽噎③之聲。寶玉心中疑惑，便站住細聽，果然架下那邊有人。如今五月之際，那薔薇正是花葉茂盛之際，寶玉便悄悄的隔著籬笆洞兒一看，只見一個女孩子蹲在花下，手裡拿著根綰④頭的簪子在地下摳⑤土，一面悄悄的流淚。

　　寶玉心中想道：「難道這也是個痴丫頭，又像顰兒來葬花⑥不成？」因又自嘆道：「若真也葬花，可謂『東施效顰⑦』，不但不為新特，且更可厭了。」想畢，便要叫那女子，說：「你不用跟著那林姑娘學了。」話未出口，幸而再看時，這女孩子面生，不是個侍兒，倒像是那十二個學戲的女孩子⑧之內的，卻辨不出他是生旦淨丑⑨那一個角色來。

　　寶玉忙把舌頭一伸，將口掩住，自己想道：「幸而不曾造次⑩。上兩次皆因造次了，顰兒也生氣，寶兒⑪也多心。如今再得罪了他們，越發沒意思了。」一面想，一面又恨認不得這個是誰。再留神細看，只見這女孩子眉蹙春山，眼顰秋水，面薄腰纖，裊裊婷婷⑫，大有林黛玉之態。寶玉早又不忍棄他而去，只管痴看。只見他雖然用金簪劃地，並不是掘土埋花，竟是向土上畫字。

　　寶玉用眼隨著簪子的起落，一直一畫一點一勾的看了去，數一數，十八筆。自己又在手心裡用指頭按著他方才下筆的規矩寫了，猜是個什麼字。寫成一想，原來就是個薔薇花的「薔」字。

寶玉想道：「必定是他也要作詩填詞。這會子見了這花，因有所感，或者偶成了兩句，一時興至恐忘，在地下畫著推敲，也未可知。且看他底下再寫什麼。」一面想，一面又看，只見那女孩子還在那裡畫呢，畫來畫去，還是個「薔」字。再看，還是個「薔」字。

裡面的原是早已癡了，畫完一個又畫一個，已經畫了有幾千個「薔」。外面的不覺也看癡了，兩個眼睛珠兒只管隨著簪子動，心裡卻想：「這女孩子一定有什麼話說不出來的大心事，才這樣個形景。外面既是這個形景，心裡不知怎麼熬煎。看他的模樣兒這般單薄，心裡那裡還擱的住熬煎。可恨我不能替你分些過來。」

伏中陰晴不定，片雲可以致雨，忽一陣涼風過了，唰唰的落下一陣雨來。寶玉看著那女子頭上滴下水來，紗衣裳登時濕了。寶玉想道：「這時下雨。他這個身子，如何禁得驟雨[13]一激！」因此禁不住便說道：「不用寫了。你看下大雨，身上都濕了。」那女孩子聽說倒唬[14]了一跳，抬頭一看，只見花外一個人叫他不要寫了，下大雨了。一則寶玉臉面俊秀，二則花葉繁茂，上下俱被枝葉隱住，剛露著半邊臉，那女孩子只當是個丫頭，再不想是寶玉，因笑道：「多謝姐姐提醒了我。難道姐姐在外頭有什麼遮雨的？」一句提醒了寶玉，「噯喲」了一聲，才覺得渾身冰涼。低頭一看，自己身上也都濕了。說聲「不好」，只得一氣跑回怡紅院去了，心裡卻還記掛著那女孩子沒處避雨。

注釋

①齡官　梨香院中的女伶之一。

②薔　此「薔」字意謂賈薔。賈薔是賈府中的正派元孫，容貌俊美又稟性聰慧，但不脫紈絝子弟習氣，和齡官有一段情。

③哽噎　本指悲傷得哭不出聲音，此則是將哭聲壓低的微弱聲音。噎，音一せ，東西卡在喉嚨。

④綰　音ㄨㄢˇ，繫結。

⑤摳　音ㄎㄡ，用手指頭或尖細的物品挖東西。

⑥顰兒來葬花　黛玉葬花一事，出自第二十七回下半「埋香塚飛燕泣殘紅」，載寶玉尋黛玉嗚咽之聲而趨近，並為其葬花歌詞吸引而癡迷。與齡官畫薔一事，有異曲同工之妙。顰兒，指林黛玉，黛玉字顰卿。

⑦東施效顰　比喻不自量地模仿別人，效果卻適得其反。相傳春秋時越國美女西施因病捧心皺眉，顯得更惹人憐愛。鄰居一名女子叫東施，模仿西施捧心的樣子，不僅不美反而更為醜陋，也引起旁人的譏笑。顰，音ㄆㄧㄣˊ，皺眉。

⑧十二個學戲的女孩子　第十七回中載有賈薔自姑蘇買回十二名女子，並聘教習及行頭等事，就在梨香院教這十二名女子扮演女戲，相關事宜即由賈薔總理。

⑨生旦淨丑　傳統戲曲中分別依劇中人物的不同性別、年齡、身分、性格等畫分的人物類型。近代各戲曲劇種大都以生、旦、淨、末、丑為基本類型，並各有分支。生，主要的男性角色。旦，扮演婦女的角色，也叫旦腳。淨，大多扮演性格剛烈或暴躁的人物，俗稱花臉。丑，專門逗人發笑的角色。

⑩造次　莽撞、冒失。寶玉兩次「造次」事由出自於本回上半，第一次寶玉對黛玉開玩笑說：「你死了，我作和尚。」惹黛玉惱怒；第二次寶玉奚落寶釵：「怪不得他們拿姐姐比楊妃，原也體胖怯熱呢！」同樣也令寶釵大怒。

⑪寶兒　指薛寶釵，與寶玉原是姨表姐弟。其人杏眼圓臉，肌膚白皙，體

態豐美。為人嫻雅大方，深得賈府中所有人的喜愛。最後接受鳳姐的移花接木之計，假冒黛玉之名嫁給已經癡顛的寶玉，然而隨著寶玉的出家，不免落得獨守空閨之憾。

⑫裊裊婷婷　形容女子體態柔美。

⑬驟雨　突然下的雨。驟，音ㄗㄡˋ，忽然、突然。

⑭唬　音ㄏㄨˇ，嚇。

賞　析

　　本文延續前一小節的寶玉驚見王夫人乍醒，於是急著步出房門，行至大觀園始。經由齡官不斷畫「薔」的專注，寶玉雨中窺視齡官畫字的出神，寫出二人各自的癡迷。

　　寶玉的情癡，在他對素昧平生的女子身上展露無遺。雖然寶玉不識齡官，卻因一時好奇心而著迷於齡官畫「薔」的動作，進而心疼此女之全身濕透。就齡官而言，本一逕栽入我執的情障之中，故而不察雨之驟至，滿心徒一「薔」影，滿手亦一僅「薔」字，足見其心已為賈薔一人所填滿，再也容不下他物。原本於此毫無關聯的寶玉卻竟自縱身於他人的情網之中，隨著齡官的手蜿蜒迂迴，在這當下，寶玉也和齡官一樣的在心中畫出一遍遍的「薔」啊！最後尚需齡官提醒，方才驚覺雨水已淋透全身，至於齡官亦然。深情的二人皆由對方提點，才回想到己身的不免雨侵。作者以旁襯的筆法，委婉又深切的巧妙方式，將二人的癡、迷，照應得相當妥切。活寫兩個情癡，躍然紙上。

　　本文題名雖為「齡官」，然筆力所在全於寶玉一身。此文將寶玉對女子的呵護、心疼與不捨刻劃得極為細緻。如初見其畫薔，心中即興起：「這女孩子一定有什麼話說不出來的大心事，才這樣個形象。外面既是這個形景，心裡不知怎麼熬煎。看他的模樣兒這般單薄，心裡那裡還擱的住熬煎。可恨我不能替你分些過來。」此時的齡官對寶玉而言，乃一無所識的陌生女子，寶玉況且打從心底不住地疼惜與憐愛，若就熟識女子自又更為深情。因此，齡官的癡情更加突顯了寶玉對世間女子的癡迷與憐惜。

問題討論

一、請申論作者如何描寫賈寶玉及齡官二人的「癡」。

二、請問賈寶玉為何說：「若真也葬花，可謂『東施效顰』」？請參見「黛玉葬花」一則，申論寶玉此語之意何在？

延伸閱讀

一、《水滸傳與紅樓夢》（胡適文存第一集第三卷）：胡適著，臺北：遠流，一九八六年。

二、《紅樓夢群芳圖譜》：戴敦邦圖、陳詔文著，臺北：萬卷樓，一九九〇年。

三、《中國愛情與兩性關係》（中國小說研究）：何滿子著，臺北：臺灣商務，一九九七年。

四、《紅樓夢裡的小姐與丫鬟》：陳美玲著，臺北：文津，二〇〇一年。

五、《紅樓夢資料匯編》（中國古典小說名著資料叢刊第七冊）：朱一玄編，天津：南開大學，二〇〇三年。

六、《紅樓夢女人新解》：謝鵬雄著，臺北：九歌，二〇〇四年。

七、《紅樓夢青年版導讀書‧一：石頭與草的因果《紅樓夢》前二十回的故事》（蔣勳系列有聲書）：蔣勳著，臺北：趨勢教育基金會：三民總經銷，二〇一四年。

八、《紅樓夢網路教學資料研究中心》：http://cls.hs.yzu.edu.tw/hlm/

牆頭馬上（第三折）

白樸

題 解

　　《牆頭馬上》全名《裴少俊牆頭馬上》，是白樸最出色的作品，與關漢卿的《拜月亭》、王實甫的《西廂記》、鄭光祖的《倩女離魂》並列元代四大愛情雜劇。

　　此劇經由正旦李千金，表達出白樸異於世俗的愛情觀，及對女性自我追求的細膩刻劃，極具突破性的創發力。

　　《牆頭馬上》並非白樸個人的獨創，元代雜劇家的構思除了源自史傳及民間故事之外，大抵來自於前代文學作品。身為官宦子弟又長於大文豪元好問之手的白樸，最為熟悉的當是史傳及文學作品，此於今可見原貌的三本雜劇——《梧桐雨》、《牆頭馬上》、《東牆記》都可以證明白樸擅長的雜劇素材。

　　《牆頭馬上》一劇的重要關鍵點是：井底引銀瓶、鞦韆會、青梅與遭棄。

　　此一相關的主題戲曲，於宋官本雜劇中有《裴少俊伊州》；金院本名目有《鴛鴦簡》、《牆頭馬上》；南戲中有《裴少俊牆頭馬上》；諸宮調則有《井底引新瓶》。

　　至明代有人將《牆頭馬上》改作南曲，增飾成劇，但未改其名。

作 者

　　白樸（西元一二二六—一二九一？年），初名恆，字仁甫，後改字太素，號蘭谷，本隩州（今山西河曲縣附近）人，後遷居真定（今河北正定縣），故又稱真定人。時年六十六歲尚有〈水龍吟〉傳世，此後事蹟則不

詳，故卒年不詳，然由此詞推測則白樸八十一歲時應尚健在。

　　白樸之父白華任金朝樞密院判官時，正值哀宗天興元年（西元一二三二年）時蒙古軍攻陷南京（今河南開封）；次年，金將崔立叛降並將王公大臣的妻女擄送至蒙古軍營，白樸的母親也在其內。其時白樸尚年幼，由父親好友元好問代為教養，元好問視如親子，元、白二家本為世交，其情誼可遠溯唐代元稹、白居易之時。白樸親炙於元好問門下，養成深厚的古典文學根基，其文學創作為其後進中的翹楚。

　　白樸在戲曲史上，和關漢卿、馬致遠、鄭光祖合稱「元曲四大家」。白樸的雜劇作品知其名者有十六本，今存《唐明皇秋夜梧桐雨》、《裴少俊牆頭馬上》、《董秀英花月東牆記》三本及《韓翠顰御水流紅葉》、《李克用箭射雙雕》二劇殘曲。此外，還有《天籟集》詞二卷。清人楊友敬輯其散曲附於集後，名《摭遺》。他的散曲作品據隋樹森《全元散曲》所輯，存小令三十七首，套曲四首。

課文

（裴尚書上，云）自從少俊去洛陽買花栽子①回來，今經七年。老夫常是公差，多在外，少在裡。且喜少俊頗有大志，每日在後花園中看書，直等功名成就，方才娶妻。今日是清明節令，老夫待親自上墳去，奈畏風寒，教夫人和少俊替祭祖去咱。（下）（裴舍引院公上，云）自離洛陽，同小姐到長安七年也。得了一雙兒女，小廝兒叫做端端，女兒喚做重陽。端端六歲，重陽四歲，只在後花園中隱藏，不曾參見父母，皆是院公②伏侍，連宅裡人也不知道③。今日清明節令，父親畏風寒，我與母親郊外墳塋④中祭奠去。院公，在意照顧，怕老相公撞見。（院公云）哥哥，一歲使長⑤百歲奴。這宅中誰敢題起個李字！若有一些差失，如同那趙盾便有災難，老漢就是靈輒扶輪⑥，王伯當與李密疊尸⑦，為人須為徹。休道老相公不來，便來呵，老漢憑四方口⑧，調三寸舌，也說將回去。我這是蒯文通、李左車⑨。哥哥，你放心，倚著我呵，萬丈水不教泄漏了一點兒。（裴舍云）若無疏失，回家多多賞你。（下）（正旦引端端、重陽上，云）自從跟了舍人⑩來此呵，早又七年光景，得了一雙兒女。過日月好疾也

呵！（唱）

【雙調・新水令】數年一枕夢莊蝶[11]，過了些不明白好天良夜。想父母關山途路遠，魚雁信音絕。為其感嘆咨嗟？甚日得離書舍？

【駐馬聽】憑男子豪傑，平步上萬里龍庭雙鳳闕；妻兒真烈[12]。合該得五花官誥[13]七香車。也強如帶滿頭花[14]，向午門左右把狀元接；也強如掛拖地紅[15]，兩頭來往交媒謝。今日個改換別，成就了一天錦繡佳風月[16]。

（云）我掩上這門，看有甚人來此。（院公持掃帚上，云）哥哥祭奠去了，嫂嫂根前回復去咱。（見科，云）嫂嫂，舍人祭奠去了。院公特地說與嫂嫂得知。（正旦云）院公可要在意者[17]，則怕老相公撞將來。（院公云）老漢有句話敢說麼？今日清明節，有甚節令酒果，把些與老漢吃飽了，只在門首坐著，看有甚的人來。（旦與酒肉吃科）（院公云）夜來兩個小使長把牆頭上花都折壞了，今日休教出來，只教書房中耍，則怕老相公撞見。（正旦唱）

【喬牌兒】當攔的便去攔，我把你個院公謝。想昨日被棘針都把衣袂扯，將孩兒指尖兒都摑[18]破也。

（端端云）奶奶，我接爹爹去來。（正旦云）還未來哩！（唱）

【么篇】便將球棒兒撇，不把膽瓶藉[19]。你哥哥[20]，這其間未是他來時節，怎抵死的要去接？

（院公云）我門口去，吃了一瓶酒，一分節食，覺一陣昏沉，倚著湖山[21]睡些兒咱！（端端打科）（院公云）唬殺人[22]也。小爺爺！你要到房裡耍去。（又睡科，重陽打科）（院公云）小奶奶，女孩家這般劣！（又睡科，二人齊打介）（院公云）我告你去也，快書房裡去！（裴尚書引張千[23]上，云）夫人共少俊祭奠去了，老夫心中悶倦，後花園內走一遭去，看孩兒做下的功課咱。（見院公云）這老子睡著了。（做打科）（院公做醒、著[24]掃帚打科，云）打你娘，

那小廝！（做見慌科）（尙書云）這兩個小的是誰家？（端端云）是裴家。（尙書云）是那個裴家？（重陽云）是裴尙書家。（院公云）誰道不是裴尙書家花園？小弟子㉕還不去！（重陽云）告我爹爹、奶奶說去。（院公云）你兩個朵㉖了花木，還道告你爹爹、奶奶㉗去。跳起憑公公來也，打你娘！（兩人走科）（院公云）你兩個不投㉘前面走，便往後頭去？（二人見旦科，云）我兩人接爹爹去，見一老爹，問是誰家的。（正旦云）孩兒也，我教你休出去，兀的㉙怎了！（尙書做意科，云）這兩個小的，不是尋常之家。這老子其中有詐，我且到堂上看來。（正旦唱）

【豆葉兒】接不著你哥哥，正撞見你爺爺。魄散魂消，腸慌腹熱，手腳獐狂去不迭㉚。相公把拄杖掂詳㉛，院公把掃帚支吾，孩兒把衣袂搣者。

（尙書云）咱房裡去來。（到書房，正旦掩門科）（尙書云）更有誰家個婦人？（院公云）這婦人折了俺花，在這房內藏來。（正旦唱）

【掛玉鉤】小業種㉜把攏門㉝掩上些，道不的㉞跳天撅地十分劣㉟。被老相公親向園中撞見者，唬的我死臨侵地難分說。（尙書云）拿的芙蓉亭上來！（正旦唱）氳氳㊱的臉上羞，撲撲的心頭怯。喘似雷轟，烈似風車㊲。

（院公云）這婦人折了兩朵兒花，怕相公見，躱在這裏。合當㊳饒過教家去。（正旦云）相公可憐見，妾身是少俊的妻室。（尙書云）誰是媒人？下了多少錢財？誰主婚來？（旦做低頭科）（尙書云）這兩個小的是誰家？（院公云）相公不合煩惱，合歡喜！這的是不曾使一分財禮，得這等花枝般媳婦兒，一雙好兒女。合做一個大筵席。老漢買羊去，大嫂，請回書房裡去者。（尙書怒科，云）這婦人決是倡優酒肆之家㊴！（正旦云）妾是官宦人家，不是下賤之人。（尙書云）嗓聲㊵！婦人家共人淫奔，私情來往，這罪過逢赦不赦。送與官司問去，打下你下半截來。（正旦唱）

【沽美酒】本是好人家女艷冶，便待要興詞訟發文牒㊶，送到官

司遭痛決㊷。人心非鐵，逢赦不該赦。

【太平令】隨漢走怎說三貞九烈，勘姦情八棒十挾㊸。誰識他歌台舞榭，甚的是茶房酒舍？相公便把賤妾拷折下截，並不是風塵煙月。

（尙書云）則打這老漢，他知情。（張千云）這個老子，從來會勾大引小。（院公云）相公，七年前舍人哥哥買花栽子時，都是這廝搬大引小，著舍人習將㊹的。（張千云）老子攀下我來也！（尙書云）是了，敢這廝也知情！（正旦唱）

【川撥棹】賽靈輒，蒯文通，李左車，都不似季布喉舌㊺，王伯當尸疊。更做道向人處無過背說㊻，是和非須辯別。

（尙書云）喚的夫人和少俊來者。（夫人、裴舍上，見科）（尙書云）你與孩兒通同作弊，亂我家法。（夫人云）老相公，我可怎生知道？（尙書云）這的是你後園中七年做下功課！我送到官司，依律施行者！（裴舍云）少俊是卿相之子，怎好爲一婦人，受官司凌辱，情願寫與休書便了。告父親寬恕。（正旦唱）

【七弟兄】是那些、劣撇㊼，痛傷嗟，也時乖運蹇遭磨滅。冰清玉潔肯隨邪？怎生的拆開我連理同心結！

（尙書云）我便似八烈周公㊽，俺夫人似三移孟母㊾。都因爲你個淫婦，枉壞了我少俊前程，辱沒了我裴家上祖。兀那婦人，你聽者：你旣爲官宦人家，如何與人私奔？昔日無鹽㊿采桑於村野，齊王車過，見了欲納爲后，同車。而無鹽曰：不可，稟知父母，方可成婚；不見父母，即是私奔。呸！你比無鹽敗壞風俗，做的個男遊九郡，女嫁三夫㊿。（正旦云）我則是裴少俊一個。（尙書怒云）可不道女慕貞潔，男效才良㊿；聘則爲妻，奔則爲妾。你還不歸家去！（正旦云）這姻緣也是天賜的。（尙書云）夫人，將你頭上玉簪來。你若天賜的姻緣，問天買卦，將玉簪向石上磨做了針兒一般細。不折了，便是天賜姻緣；若折了，便歸家去也。（正旦唱）

【梅花酒】他毒腸狠切，丈夫又軟揣[53]些些，相公又惡噷噷[54]乖劣，夫人又叫丫丫似蠍蜇[55]。你不去望夫石上變化身，築墳臺上立個碑碣[56]。待教我漫撇撇[57]，愁萬縷，悶千疊；心似醉，意如呆；眼似瞎，手如瘸[58]；輕拈掇[59]，慢拿捻。

【收江南】呀！琤叮璫掂做了兩三截，有鸞膠[60]難續玉簪折，則他這夫妻兒女兩離別。總是我業徹[61]，也強如參辰日月不交接。

（尚書云）可知道玉簪折了也，你還不肯歸家去？再取一個銀壺瓶來，將著游絲兒繫住，到金井內汲水。不斷了，便是夫妻；瓶墜簪折，便歸家去。（正旦云）可怎了！（唱）

【雁兒落】似陷人坑千丈穴，勝滾浪千堆雪。恰才石頭上損玉簪，又教我水底撈明月。

【得勝令】冰弦斷便情絕；銀瓶墜永離別。把幾口兒分兩處。（尚書云）隨你再嫁別人去。（正旦唱）誰更待雙輪碾四轍[62]。戀酒色淫邪，那犯七出[63]的應挤舍；享富貴豪奢，這守三從[64]的誰似妾　　　　　　　　　　　　　　！

（尚書云）既然簪折瓶墜，是天著你夫妻分離。著這賊醜生[65]與你一紙休書，便著你歸家去。少俊，你只今日便與我收拾琴劍書箱，上朝求官應舉去。將這一兒一女收留在我家。張千，便與我趕離了門者！（下）（裴舍與旦休書科）（正旦云）少俊！端端！重陽！則被你痛殺我也！（唱）

【沉醉東風】夢驚破情緣萬結，路迢遙煙水千疊。常言道有親娘有後爺，無親娘無疼熱。他要送我到官司，逞盡豪傑。多謝你把一雙幼女癡兒好覷[66]者，我待信拖拖[67]去也。

（云）端端、重陽，兒也！你曉事些兒，我也不能夠見你了也！（唱）

【甜水令】端端共重陽，他須是你裴家枝葉。孩兒也！啼哭的似癡呆，這須是我子母情腸，廝牽廝惹，兀的不痛殺人也！

【折桂令】果然人生最苦是離別。方信道花發風篩，月滿雲遮。誰更敢倒鳳顛鸞，撩蜂剔蠍，打草驚蛇？壞了咱牆頭上傳情簡帖，拆開咱柳陰中鶯燕蜂蝶。兒也咨嗟，女又攔截。既瓶墜簪折，咱義斷恩絕！

（張千云）娘子，你去了罷！老相公便著我回話哩。（正旦云）少俊，你也須送我歸家去來。（唱）

【鴛鴦煞】休把似殘花敗柳冤仇結，我與你生男長女塡還徹。指望則生同衾，死則共穴。唱道題柱胸襟，當壚的志節⑱。也是前世前緣，今生今業。少俊呵，與你干駕了會香車⑲，把這個沒氣性的文君送了也！（下）

（裴舍云）父親，你好下的也。一時間將俺夫妻子父分離，怎生是好？張千，與我收拾琴劍書箱，我就上朝取應去。一面瞞著父親，悄悄送小姐回到家中，料也不妨。（詩云）正是：石上磨玉簪，欲成中央折。井底引銀瓶，欲上絲繩絕⑳。兩者可奈何，似我今朝別。果若有天緣，終當做瓜葛。（下）

注釋

①花栽子　花苗。

②院公　富貴人家的老僕人。

③連宅裡人也不知道　孟稱舜《古今名劇合選》本作：「宅下人共知道」，此依《元曲選》及《全元曲》作：「連宅裡人也不知道」。

④墳塋　墳墓。塋，音一ㄥˊ。

⑤使長　主人

⑥如同那趙盾便有災難，老漢就是靈輒扶輪　此指當小主人有難時，老院公也會像靈輒般的保護他們。《左傳‧宣公二年》記載，晉靈公要追殺正卿趙盾，趙盾逃出，靈公手下一名靈輒的武士，因趙盾曾救其性命，故反而助趙盾脫險。後來民間就此故事衍生靈輒助趙盾推車逃走，因而

此處言「靈輀扶輪」。

⑦王伯當與李密疊屍　此指院公將似王伯當一樣不顧死活地保護小主人。《舊唐書‧李密列傳》記載，李密是隋末唐初的義軍之一，王伯當則是李密的忠心大將，二人降唐後又叛離，並雙雙死於唐軍之手。《孤本元明雜劇》的《四馬投唐》雜劇即寫李密之事，此劇的李密死於山洞中，王伯當亦隨之跳水自殺，兩屍並疊，故有「疊屍」之說。

⑧四方口　指能說善道的好口才。

⑨蒯文通、李左車　二人皆秦漢之際的辯士。蒯文通，即蒯徹。蒯，音ㄎㄨㄞˇ。李左車，即李初，後歸附韓信。

⑩舍人　宋元以來對權貴子弟的通稱。

⑪數年一枕夢莊蝶　此指婚後七年的生活如夢一般消逝無蹤。夢莊蝶，引用《莊子‧齊物論》中，莊周夢其化為蝴蝶的故事。

⑫眞烈　貞烈。

⑬五花官誥　古時帝王頒發給命婦的封贈文書。因以五色綾書寫，所以有此一點說。官誥，封贈職官時所頒發的詔令。誥，音ㄍㄠˋ。

⑭滿頭花　金元時期，貴族婦女外出時的盛妝打扮。

⑮拖地紅　女子結婚時頭上所戴的紅巾。

⑯今日哥改換別，成就了一天錦繡佳風月　意指自己用另一種方式結婚，既非在裴少俊狀元及第後成婚，也非明媒正娶，而是兩人自行成就的姻緣。風月，風流韻事，意即李千金認定的美好姻緣。

⑰者　助詞。

⑱搵　音ㄓㄨㄚ，同「抓」。

⑲便將球棒兒撇，不把膽瓶藉　此責備小孩子隨意丟下球棒兒，以致打破花瓶。球棒兒，應是一種玩具。膽瓶，長頸大腹，似膽形的花瓶。藉，顧惜。

⑳你哥哥　你父親。宋元風俗，母親會當兒子的面稱他們的父親為哥哥。

㉑湖山　湖山石。花園裡人工堆砌的假山。

㉒唬殺人　意指非常嚇人。唬，同「嚇」。

㉓張千　元雜劇中常見的祇候或隨從都以此命名，已成典型化的角色。

㉔著　命令

㉕小弟子　即小弟子孩兒。此爲罵人語詞，意指妓女養的。

㉖采　同「探」。

㉗奶奶　元雜劇中習慣以「奶奶」指稱媽媽。

㉘投　到。

㉙兀的　這、這個。有時也表示驚訝或鄭重的強調語氣。

㉚手腳獐狂去不迭　手腳忙亂，來不及作爲。獐狂，亦作「張狂」，意指慌張忙亂。不迭，不及。

㉛掂詳　估量，審查。掂，音ㄉㄧㄢ，將物體托於掌中估量輕重。

㉜小業種　小孽種。業，同「孽」。

㉝攏門　廣東有一種名爲「趨攏」的門，可以推向牆的一邊，也許所指即此。

㉞道不的　說不了，說不盡。

㉟跳天攧地十分劣　此乃李千金責備子女不聽叮囑以致闖禍的行爲。

㊱氳氳　本指煙霧瀰漫的樣子，此指臉上布滿羞愧之色。氳，音ㄩㄣ。

㊲烈似風車　緊張的像轉動急速的風車。

㊳合當　應當，應該。

㊴倡優酒肆之家　指妓女或演員等地位卑賤之人。

㊵嗺聲　住口，有喝斥之意。

㊶文牒　公文。

㊷痛決　嚴厲的處分。

㊸八棒十挾　意即施以嚴刑酷罰。「八」和「十」都泛指多。

㊹刁將來　叼過來。

㊺都不似季布喉舌　不像季布的言而有信。此爲李千金諷刺院公當時以靈輒自喻，結果卻言而無信。季布，楚漢時人，爲人重信諾，當時流傳的俗諺爲「得黃金百斤，不如得季布一諾」。

㊻更做道向人處無過背說　就算是偏向他人也不說過頭的話。更做道，即使。此句承上句而言。

㊼劣撇　暴躁、魯莽。

㊽八烈周公　此指似周公的忠烈。

㊾三移孟母　戰國時孟軻之母，被後人視爲賢母的代表。事見劉向《列女傳》。

㊿無鹽　戰國時齊宣王的王后鍾離春。鍾離春爲中國古代四大醜女之一，據記載，其貌粗壯、黝黑、髮禿頸大、聲音低沉，但智謀遠過於宰輔。

51男遊九郡，女嫁三夫　元雜劇的慣用語，前一句是陪襯，重點在於後者。

52女慕貞潔，男效才良　此指傳統社會中對兩性的不同要求。語出《千字文》。

53軟揣　懦弱無能。揣，音ㄔㄨㄞˇ。

54惡嚵嚵　非常兇惡的樣子。嚵，音ㄒㄧㄣ。

55蠍蜇　蜇，音ㄓㄜˊ。蠍，音ㄒㄧㄝ，蜘蛛綱蠍目蠍科，身體分爲頭胸部和腹部兩部分；胸部有硬殼覆蓋，腹部狹長分成十三節，尾末有鉤狀毒針，可供禦敵或捕食之用。

56你不去望夫石上變化身，築墳臺上立個碑碣　此爲李千金模仿裴尙書責罵她的口吻。築墳臺，傳說中的趙貞女賢惠。

57漫撖撖　漫，徒然。撖撖，焦躁不安。

58瘸　音ㄑㄩㄝˊ，跛腳、不良於行。

59輕拈掇　用手輕輕秤量事物的輕重。拈，音ㄋㄧㄢˇ，用手指夾取、捏取。掇，音ㄉㄨㄛˊ，拾取、採摘。

60鸞膠　用鸞鳥的嘴煎成的膠。傳說以此膠黏續弓弦，堅牢不斷。後人以此比喻續婚。鸞，傳說中屬鳳凰一類的神鳥。

61業徹　作孽到了盡頭。業，此指佛教的專用語，指人的一切行爲、思想、言語等，包括善惡兩面。徹，貫通、通達。

62雙輪碾四轍　此喻一女嫁二夫。

63七出　女子出嫁後若犯下無子、未善待公婆、口舌是非、竊盜、妒忌、有殘疾等七事之一，便符合「七出」之一，被丈夫拋棄。

64三從　即「在家從父，出嫁從夫、夫死從子」，此爲傳統社會中對女性的不公平待遇。

⑥⑤賊醜生　賊畜牲。

⑥⑥覷　音くㄩˋ，窺伺、偷看。

⑥⑦信拖拖　慢騰騰。

⑥⑧唱道題柱胸襟，當壚的志節　題柱胸襟，指司馬相如的事。傳說司馬相
　　如經過升仙橋時，曾於橋柱上題字：「不乘高車駟馬，不過此橋」。此
　　以傳說表達裴少俊的胸懷似司馬相如。當壚的志節，指卓文君的事。卓
　　文君隨司馬相如私奔到成都當壚賣酒。李千金以此佳事表達她的志氣可
　　比卓文君。

⑥⑨干駕了會香車　干駕了會，白駕了半天。香車，傳說卓文君隨司馬相如
　　私奔駕著香車。

⑦⑩石上磨玉簪，欲成中央折。井底引銀瓶，欲上絲繩絕　此四句為白居易
　　〈井底引銀瓶〉的詩句。

賞析

　　有關《牆頭馬上》的本事，清人黃文暘在《曲海總目提要》中提及白
樸依白居易樂府而成。本文託言裴行儉之子為劇情的男主角，並非事實。
白居易的〈井底引銀瓶〉一詩，原文為：

> 井底引銀瓶，銀瓶欲上絲繩絕。石上磨玉簪，玉簪欲成中央折。瓶沉
> 簪折知奈何？似妾今朝與君別。憶昔在家為女時，人言舉動有殊姿：
> 嬋娟兩鬢秋蟬翼，宛轉雙蛾遠山色。笑隨戲伴後園中，此時與君未相
> 識。妾弄青梅憑短牆，君騎白馬傍垂楊。牆頭馬上遙相顧，一見知君
> 即斷腸。知君斷腸共君語，君指南山松栢樹。感君松栢化為心，暗合
> 雙鬟逐君去。到君家舍五六年，君家大人頻有言：聘則為妻奔是妾，
> 不堪主祀奉蘋蘩。終知君家不可住，其奈出門無去處！豈無父母在高
> 堂？亦有親情滿故鄉。潛來更不通消息，今日悲羞歸不得。為君一日
> 恩，悮妾百年身。寄言痴小人家女，慎勿將身輕許人！

此篇新樂府前的小序云：「止淫奔也。」直截了當地點明主旨並非歌

詠愛情，或感慨其悲慘遭遇。白居易於詩末的「爲君一日恩，惧妾百年身」一句，明誡「痴小人家女」切勿因「痴」而「誤」己一世，否則必當「悲羞歸不得」，永無翻身之日。以中唐白居易此一社會寫實詩人的立場而言，白居易或衛道人士，至少寫出中唐時代「聘則爲妻奔是妾」的現實面。

白居易在〈井底引銀瓶〉中以男子立場觀察社會上追求眞情的癡情女子，即使外貌出眾也深其君，共住六年仍無法順翁姑之意。「惧」字既嚴屬也流露詩人對女子的溫情開示，白居易不言對錯，但云不容於世。此詩直揭年輕男女追求個人婚戀的失敗與絕望，詩人推崇二人的一見鍾情，唯心意交流並不足以對抗傳統社會的壓力，對女子更是毫無生機，故白居易爲此勸誡年輕女子切勿因痴誤身。

《牆頭馬上》情節安排幾乎奠基於〈井底引銀瓶〉，重要關目皆源於此詩，只是白樸在增加的情節上做了不同的巧思，尤其喜慶圓滿的結局與一子一女的增飾，讓裴行儉羞辱李千金的言語更顯無情，同時也爲圓滿的結語做了巧妙的緩解。羅錦堂在《元雜劇本事考》中也提出白詩的「牆頭馬上遙相顧」，即白樸此劇的劇名由來，又言「瓶墜簪折兩若何？似妾今朝與君別」，劇中裴尚書逼千金磨簪汲瓶，又逼裴少俊寫休書，逐李千金歸家的本事。至於「感君松柏化爲心，暗合雙鬟逐君去」，則是本劇全面的主題。

《牆頭馬上》透過對名門閨女的勇於追求愛情，肯定兒女情愛的自發性，但白樸同時也稱頌李千金遭逐之後的守節情操。《牆頭馬上》劇末的下場詩曰：

> 遊春郊彼此窺問，動關心兩情狂蕩。李千金守節存貞，裴少俊牆頭馬上。

所謂的花紅羊酒或媒妁之言、家長主婚等外在傳承及儀式，皆非深受禮法教育的千金所看重的，因爲「那裡有女孩兒共爺娘相守到頭白？女孩兒是你十五歲寄居的堂上客。」（第一折）又「姻緣天註定」，李千金將二人的相遇、相愛歸諸於順應天意，並無不妥之意。

　　然而李千金在《牆頭馬上》的價值觀有其矛盾之處，在追求愛情及理想婚姻的過程中，她是勇往直前，爲自己找了許多強有力的藉口，但裴行儉一責其私奔爲娼優行徑，不恥其行時，她又極力爲自己辯護道：「誰更待雙輪碾四轍。戀酒色淫邪，如是七出，妾不能勾享富貴豪奢。」身處傳統社會之中，任李千金再如何挑戰、掙扎，她仍要一個守三從四德的美婦名。裴行儉質疑其行爲有失時，她也是理直氣壯的回道：「我則是裴少俊一個。」　又接著說：「這姻緣也是天賜的。」　在李千金心中自己的一把尺上，她是專志於裴少俊一人，忍讓的隱身裴府七年，無求名利富貴，只盼與裴少俊一家四口團聚即可，她的希望如此渺小，跟隨無功名在身的少俊，不曾外出遊樂，只是認分的守著小孩，這是她力護己身名譽及婚姻的支撐點，然而也是劇中人物性格的矛盾處。

問題討論

一、請分析李千金在本文中，所展現的性格轉變及其意義。

二、請就課文所述，舉例說明傳統社會中對兩性的期待與規範。

三、請分析院公此一角色，在此故事中所扮演的關鍵點及其意義。

延伸閱讀

一、《全元曲》（第一卷）：徐鉦、張中月、張聖潔、奚海主編，河北：河北教育，一九九八年。

二、《元雜劇研究》：吳國欽等著，湖北：湖北教育，二〇〇三年。

三、《元雜劇的聲情與劇情》：許子漢著，臺北：里仁，二〇〇三年。

四、《中國雜劇藝術通論》：張正學著，天津：天津古籍，二〇〇七年。

五、《元雜劇批評史論》：陳建華著，齊魯書社，二〇〇九年。

六、《銅琵鐵琶與紅牙象板：元雜劇和明清傳奇比較》：麼書儀著，河南：大象，二〇〇九年。

七、《牡丹亭・西廂記（插圖本）》：明・湯顯祖、元・王實甫著，臺北：萬卷樓（原遼寧畫報），二〇〇九年。

同姓之婚

● 鍾理和

題 解

　　本文選自《鍾理和集》。作者自敘在十八歲那年，隨父親鍾鎮榮至美濃經營笠山農場，其間認識鍾台妹（西元一九一一—二〇〇八年，在鍾理和自傳小說中，化名爲「平妹」），卻因同姓婚姻受阻。後不得不遠走高飛，攜台妹私奔中國東北，爲尋覓一塊能長相廝守的自由之地。光復後回臺，因同姓之故，兩人婚姻之路走的格外艱鉅，如故事中所言「外邊，明晃晃的太陽照亮了每個角落。我意識了這是強有力的世界，雖然它是不理想的世界。我茫然站著，感到自己是這樣的孤獨無援。」社會封閉的思想，貧病交迫的折磨，種種的考驗都讓鍾理和與台妹的感情更加堅強。

作 者

　　鍾理和（西元一九一五—一九六〇年），筆名江流、鍾錚、鍾堅，臺灣屏東縣人。世代務農。幼年時接受日文與一年半私塾漢文教育，卻能無師自通地用中文寫作。西元一九三二年，隨父親鍾鎮榮至美濃經營笠山農場，其間認識鍾台妹，因同姓婚姻受阻。西元一九四〇年，憤而攜台妹私奔中國東北。西元一九四六年回臺，其中曾短暫擔任屏東縣立內埔初中的代用國文教師。同年八月，肺疾初發，隱居美濃笠山老家療養，並從事寫作。西元一九六〇年八月四日，於病床上修訂〈雨〉，不幸肺疾復發，喀血稿紙，慨然辭世，年僅四十六歲。

　　鍾理和一生都在艱困生活中掙扎，一直都在和宿命、病魔搏鬥，雖陷入貧病交迫的困境，但從沒有一天放棄文學創作。西元一九四五年，在北京出版第一本小說集《夾竹桃》，西元一九四六年回臺灣，《笠山農場》

等代表作品陸續完成，就像春蠶吐絲，竭盡每一絲力氣和熱情，傳達了他一生對於文學孜孜不懈的精神，陳火泉譽為「倒在血泊裡的筆耕者」。作品輯有《鍾理和全集》等。高雄美濃區建有個人資料館以為紀念。

課文

今天，我在報上剪下兩則啟事，一是訂婚的、一是結婚的。兩則啟事都有一個共同點：就是新郎和新娘都是——同姓！

這也便是我之所以剪它的理由。我預備帶回給妻看。這看來平凡無奇的東西，是能幫我不少忙的。第一，它會給妻帶來幾許生活的信心，把她的脊樑撐起來。

提起我妻便使我難過。她自和我「結婚」以後，就一直陷在迷惑、疑懼和煩惱的泥沼中，不能自拔。我想再不會有人一邊在生活著，一邊卻不敢承認和正視那生活，像她一樣的了。

我們的結合，不但跳出了社會認為必須的手續和儀式，並且跳出了人們根深蒂固的成見——我們是同姓結婚的！

在當時的臺灣社會，這是駭人聽聞的事情。對此，我們所得到的快樂之少，和所付出的代價——眼淚和嘆息——之鉅，至今還思之心痛。

但是，我們應該後悔嗎？

當我十八歲時，我家搬到鄰郡（相當於現在的區），去經營在很早以前便已買下的山地的造林事業。農場的工人，都是由近處的村子來，女多男少，多半都是年輕人。他們做完一天活，傍晚領取工單，每半月結算一次。我哥哥帶工；他不在時就由我代理，但工單則經常由我填寫和發給。

　　起初，我和工人們不相識，發工單時只好一個一個喚著單上的名字，像點名似的在呼喚時，我在男工名下加個「哥」，女工名下加個「姐」。隨即我就發覺這辦法給我帶來了意想不到的好結果。每個人聽了之後，臉上都掛著和諧與融洽的喜氣，似乎我們之間親熱了許多。

　　「阿福哥、玉英姐、貞妹姐、新喜哥、桂香姐……」

　　隨著我的呼喚聲，工人一個個分開擾嚷的人群，出來把自己的單子接去。男工活潑大方，女工柔靜靦腆①，羞人答答。對於我附加的稱呼，男工還無所謂；有些女人則含笑提出抗議，彷彿是蒙受了冤屈。

　　「喲，你看這人，」她們尖叫著：「也不怕雷打呢！」

　　但是我不理，繼續喊下去：「瑞金姐──」

　　工人群中揚起一陣喧笑，接著我發現自己面前走出一個小姑娘來。看上去，她的年齡至多不會超過十七歲。

　　「你這人真討厭，沒老沒小的！」小姑娘含羞地說，噘著小嘴把單子領去。

　　我看著她那稚氣的臉孔，也不禁好笑。

　　「平妹姐──」我又喊，一邊還浸在快樂的氣氛中。

　　驀的由人群中伸出一隻手來，搶去了我手裡的那張單子。我大吃一驚，定神細看，原來是一個苗條身段的女人，這時已轉過身子，堅定地走了。她那傲慢不遜②的舉措，使我大大地感到意外，因而在第二天發工單時，我便特別關心她。

　　「平妹姐──！」我著重語氣叫，並把尾音拖長。

　　平妹出現在我面前了：約莫二十左右的年紀，瓜子臉兒，直

直的鼻樑，亮亮的眼睛，眉宇間有著一份凜然不可侵犯的氣概。

我奇怪自己為何昨天竟沒有留心到如此標緻的一個女人。

「平妹姐，」我說，一邊把單子交給她：「不要再搶了，我會給妳的。」

平妹嫣然③，露出一排潔白好看的牙齒。

「平妹姐，」我又說，無話找話：「妳家在村頭？村尾？改天過路時，我可以進去喝杯茶嗎？」

「水是有的，」平妹笑笑說道：「就請你進來喝杯水。」

工單發完，我小立庭邊，目送工人們走下小坡。在一群女工之中，我覺得平妹的後姿特別的娉婷④而優美。內心不期感到一種莫名其妙的輕微的騷動。

以後我每天特別關心她，發工單時總設法和她聊上幾句話。有時，我們的眼睛互視一下，她就向我靜靜地笑笑，那細碎的牙齒閃得我的心臟幾乎停止鼓動。

我發覺自己是在愛著她了。

但也就在這時，我發覺她和我是同姓。這事最初使我很失望。就如一個小孩在街上看見心愛的東西，而被父母強制拉開時的感到不滿和不樂。

隨後的一段時間，我陷在從未有過的徬徨和迷惘中，不知如何是好。雖然這時候我還沒有明白的打算，但是同姓的意識苦苦纏著我不放。當我和平妹說得高興時，它會像一條蛇，不聲不響地爬進我的知覺中，使我在瞬間由快樂的頂點一下跌進苦悶的深淵。有時我非常生氣。但生氣是沒有用的，因為你根本不知道向誰生氣。有時煩惱和懊喪，彷彿生命失去了最珍貴的一部份。有

時我又滿不在乎，以為誰也阻撓不了我的意志。

　　然而這一切顧慮都是多餘的，經不起平妹的一笑一顰⑤，便去得無影無蹤。她那娟秀苗條的容姿，已整個的佔據了我的心。那裡面除開對她的愛戀和渴望之外，便不再有什麼疑懼了。

　　我發覺平妹對我也有好感，並且這好感隨著日子正在漸漸變成別種性質的東西。我還不知道這某種東西應不應該稱之為「愛」。然而無論如何，這發現使我歡喜若狂，因而對她也就更大膽更熱烈了。

　　當時，我的雙親正在為我的婚事張羅，幾乎每天都有人來議親，每天我都去「看女人」。我是抱著息事寧人的態度去應酬這些的。我一口氣看了不下一、二十個女人，但每次母親來徵求我的意見時，我只有微笑。

　　「難道說連一個中意的也沒有嗎？」母親不樂地問我。

　　我歉然地搖搖頭。有時一種奇異的衝動，使我幾乎把自己的心事和盤說出。我看著母親的臉在想：如果讓她知道我中意的人是誰將怎樣呢？母親是不是要大大地吃驚？或者罵我是發瘋了？

　　但是我和平妹相愛的事情，終於吹進父親的耳中。父親大發雷霆；他說他不願意自己有這麼個羞辱門第的兒子，在盛怒之下把我趕出家庭——一次、二次、三次。我就像遊魂般在朋友親戚家飄來蕩去。但是母親捨不得。每次都由她作好作歹的領我回去。母親的慈愛愁嘆和哀訴雖也使我難過得心裡有如刀割，可是我卻出奇的冷酷、倔強。好像在心裡面另有一個人在支使我，使我自己也沒有辦法。

　　母親眼看說我不動，於是遷怒到平妹身上去。她罵她是淫邪

無恥的女人；是一個專會迷惑男人的狐狸精，將一切過錯統統往她身上推，顯得自己的兒子是無辜受騙的犧牲者。這實在是冤枉的。然而我又不能替她分說。由是以後，平妹便給我負起了十字架。她是賠了多少眼淚的呵！我常常看見她那咬緊下唇，淚流滿面地忍受著一切的絕望的姿態。

平妹勸我離開她，回到父母身邊去安分守己的做一個好兒子。但我只能冷冷地聽著，一種不甘屈服的頑強的意識，使我在自己的行為中甚至感到無限驕傲和快感。它作成了我的意志力的最大泉源。

「求你做做好事，離開我吧！」有一天，平妹又如此向我哀求，一半也是為了可憐我像喪家之犬⑥的四處徬徨。

「我求你，」她又說：「你聽他們的話去娶個媳婦，他們還是會喜歡你的，我也可以少受點兒罵！」

「妳呢？」我反問。

「你就不要管我！」

「妳也嫁人嗎？」

「請你放心，我是不會嫁人的，」她帶著諷刺和自暴的口氣說：

「不嫁人，也照樣可以活下去的！」

「我不娶！」我說得很堅決。

「你不娶，我也不嫁給你！」平妹也說得很堅決，彷彿我們在賭氣似的。但是像線一樣的眼淚卻由她的雙頰流下來了。

我們坐在小溪旁，溪水幽咽，像伴她哭。紫色的布驚花，低低的垂覆在水面上，靜靜地。

　　我拿起她的手來撫摸著，心像飛到一千里以外去了一般感到空虛、寂寞和悵惘。

　　我凝視著流動的溪水，有很大的功夫，在心裡盤算著一件事情，最後，我開口對她說：

　　「我到一個地方去，妳在家裡等我，只一、二年的工夫，我就回來領妳走，遠遠的離開這裡！」

　　「你到哪裡去？」她抬起頭來，淚眼盈盈地望著我。

　　「滿洲！」

　　實際在很久以前，我便計畫著這件事了，但總躊躇不決。到了此際，我才充分覺悟到我必須這樣做，除此別無他途可循。我想：假使我們要結婚，便必須具備這樣的條件：第一，離開家庭；第二，經濟自立！

　　其後不久，我便隻身跑得東北瀋陽去。第一年，我弄了一份汽車駕駛執照；努力建設起一個小小的立足點來。第三年，我回來領她走，如此結束了我們那坎坷不平、艱難悲苦的戀愛。

　　那是民國二十九年（昭和十五年）八月三日的事。

　　在外面，雖然不再有人來干涉和監視我們的行動，我們應該可以完全領有我們的日子和我們自身，而舒展一下數年來鬱結的胸懷和緊張的神經了。然而妻總還忘不了對世人的顧忌。彷彿隨時隨地可能由一個角落伸出一隻可怕的手來；我們的生活，我們的關係隨時都有被破壞和拆散的可能。她那過分躊躇和疑慮，使我做丈夫的非常苦惱。

　　然而，那一段時間，在我們卻還是最平靜、最幸福、最甜蜜的。

　　臺灣光復的翌年夏初，我們敵不過鄉心的引誘，於是回到久
別的臺灣，起初依照預定計畫留在高雄——那時我一個最小的兄
弟便住在那裡。然後，又搬到我做事的任所去。但是多麼不幸，
不到一年，我生病了。為了以後的生活著想，我們只好硬著頭
皮，回到故鄉家裡去。那裡有我一份應得的產業，可資一家四口
人的生計。這是當初我們沒有料到的一著。我們懷著受難者的心
情，登上火車。

　　家裡，父親已於前幾年病故，兄弟也分散了，只有大兄一房
人守著老屋。家人，包括母親在內，對平妹的態度，是頗微妙
的。他們雖說過去已曾相識，然而卻有如對一個外國人似的處處
表示應酬。在他們的言語和儀態中都帶有一種敬而遠之的成分。

　　——但是大致說來，大家尚能平靜相處，不快的事件，還是
由外面來的。

　　不多幾天，光復後的第一次戶口總檢查居臨，鄉公所來了幾
個人預查戶口。我們的戶籍，在接收時不知為何竟給脫漏了，不
消說孩子的出生，就是我們的結婚手續都需重新申報。他們問我
妻的姓名。

　　「鍾平妹。」我說。

　　其實，他們都認識我和平妹，特別其中之一，過去有一段時
間和我玩得不錯。何況我和平妹的事，周圍幾十里都哄傳過，因
此，他們是應該一切都很明白的了。不過我以為人家既然是公事
公辦，那麼我也只好照實說出。

　　「什麼？」他們重問了一遍。

　　「鍾平妹！」我又重說了一遍；心裡有點不耐煩。

「鍾？」他們彷彿吃驚的樣子。眼睛向我注視：「同姓呀？」

我非常生氣了；我認為他們存心與我為難，我粗暴地反問道：

「同姓又怎麼樣？」

此時，一直就坐在我旁邊的我的大兄，似乎感到場面有點僵，連忙站出來給我們圓場：「是的，是的，鍾平妹！」他說。

他們冷冷的看著我，卻也不再多問什麼了。

為了這事，一整天，我都不好過。這些人的卑劣和虛偽，令我憤懣。

從這件事，我清楚地看出世人還未能忘懷於我和平妹的事情，這是一個警告，我們此後的日子，不會是很平靜的。我很為平妹擔心。她是否經得起來自周圍的歧視和指摘呢？她從前的朋友，即使是最親密的，現在都遠遠的避開她了。彷彿我們已經變成了毒蛇，不可親近和不可觸摸了。我為怕平妹傷心，曾使用了一切可能的方法，去邀請、甚至哀求她的朋友到我家來玩；但沒有成功過一次。

有一天，我到附近一個山寺去散步，不期遇到妻的一位舊日的好友。我歡欣而雀躍，如獲至寶。這次無論如何總得把她留住，請到家裡去。——我這樣想；我打算讓平妹高興高興。經過我一番歪纏和堅請，於是她和我約定：只需再耽擱一會兒就去，叫我先行。我飛奔回家，把這消息告訴妻。她此時正在預備午膳，聽了滿心歡喜。她請我給她找找家裡所能找到的可口的東西，她準備留她的朋友吃午飯。我給她翻出幾隻雞蛋和兩尾魷

魚。夫妻兩個興奮得在家裡轉來轉去，等待貴賓駕臨。

飯菜已經燒好了，而她──妻的朋友，還不見到來。妻開始不安起來，殷切的問我是否真的看見她？她問她在寺裡？於是我不得不將方才的邂逅，從頭再說一遍。

我們等了再等，桌上的菜肴在慢慢的涼下來。妻萬分焦急，吩咐我在家看著，她自己則匆匆的向寺裡跑去。我也有點動搖，不時由窗口往外張望。不大的工夫，我看見那條通往山寺去的，有著茂密的龍眼樹的小徑上，有人影在幌動。

妻回來了，可是只有她一個人！由她的失望而沮喪的表情，我察知事情已經出了岔子⑦。我迎上去，忍不住問她：

「她不來嗎？」

「她走了！」她答得很低，紅著眼圈，就像受了很大的委屈。

「她走了？」

我好像挨了一個重重的耳光。可是我能說什麼呢？我極力讓自己鎮靜，並且拿好話安慰妻，像哄小孩子。我覺得她是夠可憐的。

「我想是臨時有什麼急事先回去了，」我說：「大概過一兩天就會來的！」

「不！」妻搖搖頭：「她討厭我們！」

討厭我們。平妹說得絲毫不差。這一句話，道破了周圍和我們的關係，使我無話可說。外邊，明晃晃的太陽照亮了每個角落。我意識了這是強有力的世界，雖然它不是理想的世界。我茫然站著，感到自己這樣孤獨無援。

而事情還不止此，還有更難堪的侮辱，——更高的試鍊，在等候我們，需要我們更大的忍耐。

在很早以前，我就發覺我們的孩子也成為人們取笑和尋開心的對象了。我已無數次聽到過他們指著我們的孩子說：「牛，畜牲養的。」這樣的話了。我只希望這些話不會落到平妹的耳朵才好。我想像她聽見這些話後的痛苦，而感到寒心。

有一天，傍晚時分，平妹在豬欄餵豬，兩個孩子在庭院前玩著，這時來了幾個女人——來坡下做活的，她們常常到這裡來歇息，在涼亭下聊天。

其中一個女人忽然叫著我們的孩子說：

「小孩子，你有幾條腿？四條是不是？四條腿？」

另一個女人馬上加了進來。她給孩子指著繫在庭邊一棵樹下的牛，說：

「小孩子，那是你爸爸，是吧？你爸爸是牛公，你媽媽是牛母，你是小牛子！」

憲兒——我們的大兒子，不解其意，莫名其妙的看看她們，又看看牛。她們都大聲哄笑起來。

「你看，你爸爸在倒草（反芻）哪！」

她們說著又大聲笑起來。

我——在屋裡，恰似被兜頭沖了盆涼水，渾身毛骨悚然，我往豬欄那邊望去；在蒼茫的暮色中，只見平妹靠著齊腰高的竹欄立著，臉向著那邊。我不知道妻是否也已聽見，我禱天禱地，希望那話聲不致送進她的耳朵，或者豬的咀嚼聲大些，把話聲壓下去。

但是，她已經聽見了！

她挑著兩隻空水桶，一進入屋裡，眼淚便潸潸地⑧流下來。當晚她哭得很悲慘。她告訴我，外邊人們是怎樣的在奚落我們的孩子。

我想不起適當的話來向她勸解，只好讓她儘情哭去。我覺得很對不起她，這些都是我的不好。我們是不應該回來的。

我想想我們以後的生活，不禁迷惘起來。

日子在煩惱中滾流著，轉瞬間，半年過去了，而我的病，卻沒有絲毫進展。長此下去，何時痊癒，頗難預料。因此，我打算入院治療，平妹也同意我這樣做。半個多月前，我曾給臺北的朋友去信，請他打聽醫院的狀況，和辦理登記手續。而今，朋友的回信到了，說是一切都已弄妥，叫我即可動身北上。可是教我如何忍心拋下她們母子呢？我把朋友來信的事情擱下來，不向平妹提起。

我懷著煩悶的心情走到埠頭去。近來我差不多天天都要到那裡去坐一會兒的，那裡有絕好的眺望。

我在一塊眠床大小的石板上，枕著掌心仰臥著，潺潺的流水聲，只在頭下，我看著在異常遼闊的天空中，徐緩地移動著、舒展著的流雲，哀愁像石塊似的壓在心上。

我想起我們自從回家，一直到今天所遭遇到的種種事情，實在不能放心走路。自己走後，她們——平妹母子會安靜的活下去嗎？人們不會像歷來那樣殘忍的對待她們嗎？如果再遇到橫逆，她們能夠安穩地度過嗎？我這樣一層一層地想下去，這些思想使我忐忑不安⑨，黯然⑩心痛。

　　但是次一瞬間，我又打消了這些念頭。也許她們會活得更好些！——我如此安慰自己，於是站起身來：我不該想得太多！

　　我很晚才回家。在屋角邊，我碰見了正由大兄那邊出來的兩三個農夫模樣的年輕男子。閃身而過時，他們全用了那種令人不快的眼光向我掃視。

　　妻的口角邊，嘰著久已不見的微笑，並且頻頻向我眨。我發覺這眼睛有異樣的光芒。我怔怔的看著她，有點納悶，也有點惶惑。

　　待孩子都睡定了，我們相對喝茶。平妹開口了：

　　「他們說起我們的孩子——」

　　我微微一顫；又是他們！而且又是我們的孩子！然而妻卻一本正經的說下去：

　　「他們說，我們同姓結婚，怎麼會生出這樣好的孩子呢？」

　　「哦！」

　　「他們說，」她又說：「我們的孩子生得又聰明、又好看——」

　　原來如此！我不禁愕然；繼而又苦笑起來。

　　這和自己的預料是相差得太遠了。我們久已不敢有這樣的期待、這樣的恭維。偶一聽著，反而覺得有些生疏，而且刺耳。

　　妻說著，十分得意。她是最樂意聽人家稱讚她的孩子的。她像十四、五歲的少女那樣，笑得天真、嬌憨；眼睛在幽暗的煤油燈下，更覺迷人了。於是我不覺的也高興起來。

　　我們夫妻頭一次這樣歡喜。前此，特別是這半年來，我們原只有眼淚和嘆息的。

　　我忽然想起朋友的信。而也就在這時候，平妹靜靜地仰首看我，臉上的笑容，已經收起來了。

　　「阿錚，」她輕輕地說：「臺北還沒有來信嗎？那天來的那一封，不是呀？」

　　「來了，」我說：「就是那封！朋友說，一切都辦妥了，叫我接信就──」

　　「就去嗎？那你為什麼還不走？你不放心，是不是？」

　　「妳能住下去？」

　　「能！」

　　「妳哭過呢？」

　　「哭過！那是因為有你在著，心裡有委屈，哭哭，有人心疼。你儘管放心走；我能哭，也能不哭！你不在家，我守著兩個孩子過日子──宏兒也會跟我笑了。」

　　「妳不怕日子會更難過？」

　　「我知道！我能忍耐！只要你病好，我吃點苦，值得！」

　　「我這一去，最快也得一年才能回來呢？」

　　「都不要緊；我等著你！我說過了：我能忍耐！反正他們不能把我宰了。他們理我，陪他們說幾句；不理我，我逗宏兒笑！只要你病好回家，我們母子還是一樣快快樂樂的，要不……那你早點兒走吧，只管放心，我會過得很好的！」

　　第三天，我離別了她們母子，來到北部。當天清晨，她們佇立在庭前龍眼樹下；妻懷中抱著剛滿週歲的宏兒，憲兒則緊緊偎依在她腳邊。三對依依難捨的眼睛，送著我走下斜坡，將到坡盡處時，我回過頭去，只見妻在向我微笑，那比哭還要使人難受的

藏著淚水的笑。我一氣走完坡坎，轉入田壟。再回頭過去。但這回我僅能看見在空中搖曳著的一段龍眼樹梢，在懇懇的向我揮別。

……

現在，三年了，就一直沒有回去過。天天，她們母子那冷冷清清相依為命的影子，不斷地在我眼前浮起！

注釋

①靦腆　音ㄇ一ㄢˇ ㄊ一ㄢˇ，羞愧的樣子。
②傲慢不遜　指驕傲不講理的樣子。不遜，指不依循情理。
③嫣然　嫵媚微笑的樣子。
④娉婷　指輕巧美好的樣子。娉，音ㄆ一ㄥ。
⑤顰　指眉頭緊縮。顰，音ㄆ一ㄣˊ。
⑥喪家之犬　譏誚不得志之人，逃走得十分狼狽。
⑦岔子　事情出錯或發生意外變動。
⑧潸潸地　傷心地哭泣著。潸，音ㄕㄢ。
⑨忐忑不安　心神不定。忐忑，音ㄊㄢˇ ㄊㄜˋ。
⑩黯然　形容心情沮喪，無精打采的樣子。黯，音ㄢˋ。

賞析

鍾理和是一般讀者較熟悉的戰後作家，他的傳奇故事，與台妹的戀情，曾被導演李行拍成「原鄉人」，由鄧麗君唱主題曲，悲淒感人，轟動一時。他的一生，儘管歷盡滄桑，飽受折磨，可是，在他的作品中，沒有憤怒，沒有咆哮，他默默地承擔著一切苦難，為個人及那個時代的農村社會留下了見證。所幸，在孤獨坎坷的狂風怒雨中，還有台妹為伴。誠如作者在〈貧賤夫妻〉中所言「物質上的享受，我們沒有份兒，但靠著兩個心靈真誠堅貞的結合，在某一個限度上說，我們的日子也過得相當快樂，相

當美滿。」他與台妹的同姓之婚，面臨社會上種種無情、無理冷酷的打擊，生活備嘗艱辛。但兩人的心靈卻更堅貞的結合著，在面對現實種種無情的重大考驗，兩人始終以堅毅的信心和無怨尤的態度去面對。

整篇小說緊扣著「同姓」之婚姻所帶來的「鉅痛」，文中言「我們得到的快樂之少，和所付出的代價一眼淚和嘆息一之鉅，至今還思之心痛。」主要乃因傳統封建社會的保守價值觀，導致兩人同姓的婚姻，面臨種種重大現實的考驗：一是父母親的反對，鍾父在盛怒之下將作者逐出家門三次；鍾母則將一切過錯往台妹身上推，罵台妹是「淫邪無恥的女人」、「專會迷惑男人的狐狸精」。二是親朋好友的離棄，家人對於婚後的他們，抱著敬而遠之的態度；而好友則彷如遠避毒蛇一般，不敢親近他們。三是外人的輕蔑，鄉公所人員查戶口時故意的爲難，令作者憤懣不已。四是孩子成爲嘲弄侮辱的對象，幾個坡下作活的女人指著他們大兒子憲兒，嘲諷著說：「牛，畜牲養的」、「你爸爸在倒草（反芻）」，這對鍾氏夫婦而言，是生活中更高的試煉。此外，貧病交迫的日子，也是這未被人祝福的婚姻，受到重大考驗的因素之一。彭瑞金在〈以文學爲生命做見證──鍾理和集序〉中言：「我們可以看到那個充滿迷信愚昧的時代裡，懷抱理智與愛心的靈魂，如何勇敢地面對無理打擊奮戰，如何堅毅地面對試煉，卻始終不失信心與平和而無怨尤的生活態度。」鍾理和與台妹在孤獨無援的世界中，不怨天尤人，勇敢忍耐地面對生活，堅持理想。

〈同姓之婚〉的藝術成就，和清沈復的《浮生六記》一樣，皆以自傳體小說的形式，安排夫妻日常的瑣碎生活，形成一個完整的藝術體。鍾理和刻劃出「我」，具有極高遠的生活智慧，同時也擁有五四文人以來的性靈傳統，他重視個人性靈自由，冀能擁有心靈伴侶；重視戀愛婚姻自由，即使同姓，亦忠於自己的心。筆下的台妹，更從平凡瑣碎的細節中，尋找出不平凡的地方，細膩刻畫出溫柔堅毅的人物性格。小說末了描述她送鍾理和北上就醫時，「我回過頭去，只見妻在向我微笑，那比哭還要使人難受的藏著淚水的笑。」台妹的溫柔體貼以及堅忍貞潔的性格，鮮明地呈現在讀者面前。全文雖短，但經過作者精心的剪裁，成爲一個不可分割的藝術體。鍾理作者以自己一生的故事，塑造出作品完整的抒情氛圍，情與理

的藝術交融，表現出他對於生活與人生的深層體驗。

問題討論

一、試由鍾理和與鍾台妹的愛情，深入分析當時的社會民情與封建制度對
　　於「同姓之婚」的看法。進而討論對於「同姓之婚」與「同性之
　　婚」之看法。

二、鍾理和描寫平妹那「那比哭還要使人難受的藏著眼淚的笑」，這句是
　　什麼意思？傳遞出什麼樣的現況？

三、在鍾理和的小說中，有描寫農村、農民生活的作品，試舉其作品為
　　例，對照戰前、後臺灣的農村狀況。

四、現實生活中，當面臨到考驗時，你（妳）要如何守護自己的愛情？

延伸閱讀

一、《鍾理和影集》：鍾理和著，柳書琴、黃萬里、邱鴻翔編，臺北：滿
　　里文化，一九九二年。

二、《臺灣小說的三種悲情》：李偉漢著，板橋：駱駝，一九九七年。

三、《日據時期臺灣小說研究》：許俊雅著，臺北：文史哲，一九九九
　　年。

四、《鍾理和集》：鍾理和著，臺北：前衛，二〇〇一年。

五、《美濃：鍾理和原鄉風景》：趙莒玲撰文，臘梅攝影，臺北：貓頭
　　鷹，二〇〇一年。

六、《鍾理和全集》：鍾理和著，臺北：行政院客家委員會，二〇〇三
　　年。

七、《鍾理和論述：一九六〇～二〇〇〇》：應鳳凰編著，高雄：春暉，
　　二〇〇四。

八、《鍾理和數位博物館》：http://km.moc.gov.tw/zhonglihe/home.asp。

應用文 篇

大學文學欣賞

應用文導讀

　　應用文是人們在日常生活中，個人與個人間的酬酢，機關團體與機關團體間的往來，或個人與機關團體間的交接，其所使用特定格式的文書。它的範圍可以包含公文、書信、對聯、題辭、揀帖、便條、名片、自傳、履歷表、慶弔文、感謝狀、會議文書、啟事廣告、契約規章等等。

　　應用文以實用為主，有一定的內容，特定的對象，固定的格式，約定的時效，甚至涉及雙方權利義務的法律行為，非若普通文章可以隨興所至，任意揮灑。因此，寫作應用文時，除務必遵守慣用的格式用語外，使用文字要淺顯簡潔，立意措辭要明確易懂，表達方式要真實禮貌，對於某些具法律及指導作用的類型，其遣詞用字，更應慎加選擇，斟酌至當。

　　時至今日，工商各業日益發達，人際關係隨之複雜密切，身為現代知識分子，如能稍悉應用文的內容，略諳應用文的作法，其於處世、治事、應試等各方面，必可獲致左右逢源的效益。

　　應用文的書籍，坊間多有，可參考張仁青《應用文》（文史哲出版社）、袁金書《新編應用文》（盛文印書局）、教育部技職司《應用文》、康世統《中文應用文》（復文書局）等。本教材限於篇幅，只介紹公文、書信、自傳、履歷表、專題寫作、讀書報告等最常用最實用的應用文。

大學
文學
欣賞

公　文

公文意義

　　公文，是爲處理公務而依一定程序與格式所撰寫的文書。一件公文，從收文、承辦、擬稿、核稿、決行、發文，都有一定的製作、傳遞、處理的流程，不可含混，也不能標新立異。

公文種類

　　依政府制定「現行公文條例」，公文分爲令、呈、咨、函、公告、其他公文等六種。依其行文的系統，可分爲上行文、平行文、下行文三類。

一、上行文

(一)呈：對總統有所呈請或報告時用。

(二)函：下級機關對上級機關有所請求或報告時用。如鄉鎮公所致函縣市政府、各級學校致函教育部等。

二、平行文

(一)咨：總統與立法院、監察院公文往復時用。

(二)函：同級機關或不相隸屬機關間行文時，以及民眾與機關間之申請與答覆時用。

三、下行文

(一)令：公布法律及行政規章、發布人事任免獎懲等命令時用。

(二)函：上級機關對所屬下級機關有所指示、交辦、批復時用。

四、公告

各級機關就主管業務，向公眾或特定的對象有所曉示、宣告、勸戒、徵求時用。

五、其他公文

㈠**書函**：於公務未決階段需要磋商、徵詢意見或通報時用。舉凡答復簡單案情，寄送普通文件、書刊，或為一般聯繫、查詢等項行文時均可使用。其性質不如函之正式性。

㈡**簽、報告**：個人對長官有所請示、建議、報告時，屬於公務者用簽，屬於私務者用報告。學生對學校則用報告。

㈢**存證信函**：生活中的許多法律糾紛，諸如：毀約之防止、不再續約之通知、請走不受歡迎的房客、催付租金、車禍求償、購屋糾紛、解除契約、郵購買賣的解除、資遣費請求、共有土地出售、拒付管理費之追討等等。只要當事人懂得在恰當時機寄出存證信函，無論是通知、催告、或警示對方，經常會使用一些稍具法律常識的人，知所收斂，不敢妄為，或是對方不再存僥倖之心，而主動與對方達成協議或和解，甚至於履行應盡的義務，如此一來，不須漫長的訴訟，自然能達到保障權益的效果！

㈣**其他**：開會通知、公務電話紀錄、移文單、退文單、公示送達、交辦交議通知單、通報、通知、代電、手諭、證明書、聘書等。

公文作法

行政機關的公文以簽、報告、函、公告為主。日常生活中，常見申請函、存證信函的應用，謹介紹如下：

一、簽、報告

㈠**簽的款式**

1. 先簽後稿：簽應按「主旨」、「說明」、「擬辦」三段式辦理，經核定後，再據以擬稿，發函通知有關單位及人員，完成作業程序。

2. 簽稿並陳：因時間倉促，須限時辦理及發文，不及先行簽陳請示之案件，可「簽稿並陳」。如案情簡單，可使用便條紙，不分段，以條例式簽擬。

3. 以稿代簽：一般存參或案情簡單之文件，得於原件擬辦欄或文中空白處簽擬。

㈡**簽的格式（如下）**

```
簽    〇年〇月〇日於〇〇〇


主旨：
說明：
擬辦：

        敬陳
〇〇〇長

                                    職
                                    〇〇〇（蓋職章）
```

㈢**簽的撰擬**

1. 一般作業程序，先簽後稿，簽擬時，可使用「簽」的制式用紙，按「主旨」、「說明」、「擬辦」三段式辦理。案情簡單者，得以一段或二段式辦理。

2. 「主旨」是說明「簽」的整個目的與擬辦，並包括「請　核示」、「請　鑒核」一類的「期望語」。不分項，一段完成。全文以不超過五十字為佳，且用語必須肯定、簡明、具體可行。

3. 「說明」是對案情由來、經過與有關法規或前案，以及處理方法的分析等，作簡要的敘述，以供長官裁定之參考。可視需要做分項條列。採二段式者，「說明」應含擬辦意見。

4. 「擬辦」是「簽」的重點所在，應針對案情，提出具體處理意見，或解決問題的方案。通常以一、二項為宜，至多三、四項，如項數太多，無法說明清楚，應改為「附件」。

5. 採三段式者，各段應截然劃分，「說明」不提擬辦意見，「擬辦」不重複「說明」、「期望語」。

㈣簽、報告的範例（如下）

簽　○年○月○日於秘書室

主旨：檢陳本校第○次董事會議記錄一份如附件，請　鑒核。

　　　敬陳

董事長

　　　　　　　　　　　　　職
　　　　　　　　　　　　　○○○謹簽（蓋職章）

簽　○年○月○日於社會局

主旨：端午節將屆，為使境內孤兒院兒童共渡佳節，擬援例辦理慰問活動，請　核示。

說明：
　一、時間：六月二十日上午九時。
　二、參加人員：請　鈞長指派。
　三、附陳活動行程表、活動經費明細表各乙份。

　　　敬陳
科長
局長
縣長
　　　　　　　　　　　　　職
　　　　　　　　　　　　　○○○謹簽（蓋職章）

簽　○年○月○日於○○○

主旨：張○○君申請出國考察，核與規定不合，擬不予照准，
　　　請　核示。

說明：
　　一、依據○○○辦法第○條規定：出國人員應於返國後一個
　　　　月內撰寫出國報告，向本部報備，否則限制申請出國。
　　二、查張君曾於○○○年○月○日申請出國考察，迄今未撰
　　　　寫報告，向本部報備。
擬辦：擬函復不予照准。

　　　敬陳
○○○長

　　　　　　　職
　　　　　　　○○○謹簽（蓋職章）

報告 ○○○年元月十五日　於○○郵局

主旨：謹陳掛號郵件領取乙案經過，請　鑒察。

說明：

一、元月十一日中午十二時至下午一時，職因郵務經辦人午休用膳而兼辦該項業務。一時左右，有位張玲小姐前來櫃臺說明欲領「限時掛號」，職為慎重起見，還特別問清楚究竟是「限時掛號」或「普通掛號」，並同時請她出示「招領通知」。張小姐表示未接到「招領通知」，且確定是「限時掛號」。

二、依掛號信的遞送方式，「限時掛號」均放在郵務士的身邊，直到投遞完成，沒有所謂的「招領通知」。張小姐既已明確告知是「限時掛號」，職因此跟她說明此一情狀，並為幫她儘速順利取得「限時掛號」，乃請她留下電話號碼（6654400），以便請投遞的郵務士儘快跟她連繫。張小姐欣然接受，並表示她白天事忙不方便，請於晚上才跟她連絡。

三、下午兩三點間，職已回到儲匯窗口工作，寄件人王小姐來電詢問為何不能馬上領取掛號郵件，經查才知其中有所出入，原來張小姐所要領取的並不是「限時掛號」，而是「普通掛號」。於是，本局乃立刻專人親自送交給收件人。

四、職於該案已盡職全力服務顧客，而張小姐自始至終也相當客氣，彼此融融樂樂，並無異狀。其中或有不盡理想之處，職自當更努力以赴，尚請明鑒。

敬陳

經理

職

○○○（蓋職章）

報告　○年○月○日於課外活動組

主旨：為辦理全校舞蹈比賽，需借用嘉義市救國團大禮堂，擬
　　　請賜准出具公函，請　核示。

說明：

　一、本校第○屆系際舞蹈比賽業奉核於○月○日，假嘉義
　　　市救國團大禮堂舉行。

　二、經與該館管理處接洽，借用場地，須學校出具公函。

　三、檢陳該館場地借用辦法乙份。

　　　敬陳

指導老師

課外活動組組長

學務長

　　　　　　　　　　　　　舞蹈社社長
　　　　　　　　　　　　　○○○敬上
　　　　　　　　　　　　　　（蓋章戳）

報告　○年○月○日於資管系

主旨：擬請同意自○年○月○日辦理退休，請　核示。

說明：

　一、職服務教職，已有三十餘年，為個人生涯規畫，擬自
　　　○年○月○日辦理退休。

　二、多年以來，渥蒙　鈞長的提攜與照顧，職銘泐五中。

　　　敬陳

系主任

人事主任

校長

　　　　　　　　　　　　　職
　　　　　　　　　　　　　○○○謹陳（蓋私章）

報告 ○年○月○日於學生活動中心

主旨：本校○○系○年級○○○同學急需救濟，以解倒懸，擬發
　　　起全校師生樂捐運動，請　核示。

說明：
　　一、本校○○○同學不幸於○月○日，因公受傷，目前尚在○
　　　　○醫院救治中，而醫療費用已高達○萬元。
　　二、○○同學家境清寒，品學兼優，平日熱心公務，深獲師生
　　　　的讚許。此次禍從天降，本校同學除輪流前往照顧慰問
　　　　外，為發揚同舟共濟，仁愛精神，特發起全校師生運動。
　　三、檢陳「吳鳳科技大學○○○同學樂捐運動草案」乙份。

　　　敬陳

課外活動組組長
學務長
校長

　　　　　　　　　學生活動中心
　　　　　　　　　總　幹　事
　　　　　　　　　　　　○○○敬上
　　　　　　　　　　　　（蓋章戳）

二、函

㈠函的格式

（發文機關全銜）　函

機關地址：
傳　眞：
聯絡人及電話：

受文者（受文機關全銜）
速別：
密等及解密條件：
發文日期：
發文字號：
附件：

主旨：
說明：
辦法：

正本：
副本：

機關首長署名
（上行文署機關首長職銜、蓋職章）
（平行、下行文署機關首長職銜、蓋簽字章）

㈡函的撰擬

1. 發文機關、受文者名稱，均應寫全銜。

2. 函的結構採用「主旨」、「說明」、「辦法」三段式，段名之上不冠數字，段名之下加冒號。簡單公文，儘量用「主旨」一段完成，不可勉強湊成兩段、三段。

3. 「主旨」一段不分項，文字緊接段名冒號下書寫。定有辦理或復文期限者，應在「主旨」段內敘明。概括的期望語（上行文用「請核示」「請 鑒核」「請 核備」等，平行文用「請 查照」「請 備查」等，下行文用「請查照」、「請照辦」、「希照辦」等）應列入「主旨」，不可在「說明」或「辦法」段內重複。

4. 「說明」「辦法」如無項次，文字緊接段名冒號下書寫。如分項條列，應另行低二格書寫，項目次序如下：一、二、三、……，㈠㈡㈢……，1、2、3、……，(1)(2)(3)……。

5. 「說明」「辦法」分項條列，內容繁雜時，應錄為「附件」處理。

6. 敘稿時，首長簽署可簡化，如「李○○」、「杜○○」。

7. 對外行文前，應蓋用印信或簽署，以示負責。

8. 公文如有附件，應在本文中或附件欄註明，並加蓋印信（騎縫章）。

㈢函的範例

1.一段式函（平行文）

吳鳳科技大學 函

機關地址：
傳　真：
聯絡人及電話：

受文者：國立故宮博物院南部院區

速別：速件
密等及解密條件：
發文日期：中華民國○○○年○月○日
發文字號：○○字第○○○○號
附件：

主旨：本校消防系學生○○○等五十人，由林○○教授率領，
　　　擬於本○○○年○月○日（星期二）上午九時參觀 貴
　　　院，藉弘見識，敬請惠予門票優惠，並派員導覽，請 查
　　　照。

正本：國立故宮博物院南部院區
副本：本校消防系

校長　蘇○○（蓋簽字章）

2.二段式函（上行文）

吳鳳科技大學 函

機關地址：
傳　真：
聯絡人及電話：

受文者：教育部

速別：
密等及解密條件：
發文日期：中華民國○○○年○月○日
發文字號：○○○字第○○○號
附件：如文

主旨：檢陳本校組織規程乙份，請 鑒核。
說明：依據 鈞部○年○月○日○字第○○○號函辦理。

正本：教育部
副本：本校人事室

（全銜）校長　蘇○○（蓋職章）

3.三段式函（下行文）

教育部　函

機關地址：
傳　眞：
聯絡人及電話：

受文者：吳鳳科技大學

速別：
密等及解密條件：
發文日期：中華民國○○○年○月○日
發文字號：台（000）軍字第○○○號
附件：

主旨：請各學校加強維護校園安寧，以確保學生安全，請查照。
說明：
　一、邇來少數學校發生歹徒縱火、尋釁、損毀銅像及暴力破壞
　　　等事件，影響校園安寧與學生安全。各高級中等學校亟應
　　　提高警覺，加強防範措施，以維護校園安寧與學生安全。
　二、三月十九日某大學火警現場，發現噴寫破壞校園安寧之不
　　　當文字，深值警惕。
辦法：
　一、請各校提高警覺，經常注意校內可疑之人、事、地、物，
　　　以防患於未然。
　二、學校環安設施應力求周密，住校、值日、校警人員應嚴守
　　　崗位，注意門禁管制，加強房舍、廠庫等之巡視。
　三、凡捕獲歹徒或協助破案有功人員，報由本部獎勵。

正本：公私立大專院校、部屬高中職
副本：本部軍訓處、台灣省中部辦公室、台北市、高雄市教育局

部長吳○○（蓋簽字章）

三、公告

㈠公告的撰擬

1. 公告的結構分為「主旨」、「依據」、「公告事項」（或「說明」）三段。一般工程招標或標購物品等公告，得用表格處理。

2. 公告不必標示「受文者」、「期望語」。

3. 公告的內容應放在「公告事項」段，分項條列，冠以數字，另行低一格書寫。

4. 凡在機關學校布告欄張貼的公告，必須加蓋印信。

㈡公告的範例（如下）

1. 張貼用公告

吳鳳科技大學　公告　（蓋印信）

發文日期：○○○年○月○日
發文字號：○○○

主旨：公告○○年度第○學期民防常年訓練事項。
依據：○○○（引用法令規章或機關函令）
公告事項：
　　一、訓練日期：○○○年○月○日（星期○）下午一時三○分至
　　　　五時三○分（學生停課）。
　　二、訓練項目：
　　　　㈠○○○
　　　　㈡○○○
　　　　㈢○○○
　　三、訓練地點：○○○
　　四、參加人員：本校防護團全部編組人員，如附表。
　　五、因故未克出席者，應事先請假。

　　　　　　　　　　　　　校長　蘇○○（簽字章）

2.登報用公告

吳鳳科技大學總務處招標公告

發文日期：○○○年○月○日
發文字號：○○○
主旨：公告體育館新建工程招標
依據：○○○（引用法令規章或機關函令）
公告事項：

工程名稱	體育館新建工程
工程地	○○○
廠商資格	凡經主管機關登記合格之乙級（含）以上營造廠無不良紀錄且證件齊全者
領圖時間及地點	○○○年○月○日（含）前以雙掛號郵寄嘉義縣民雄鄉建國路二段 117 號吳鳳科技大學營繕組函索或親自到校洽購
圖說費	新台幣五千元正
押標金	投標總金額 10%（含）以上
開標時間及地點	詳投標須知
備考	一、函索者信封表面請加註工程名稱。 二、聯絡電話：○○○

四、申請函

人民對於行政機關有所陳情時，可改稱「陳情函」或「陳情書」。

申　請　函　中華民國○○○年○月○日

受文者：考選部

主旨：請核發考試及格證明書三份，以便轉任公職送審用。請
　　　查照。

說明：

一、申請人於民國○○○年○月參加○○年高等考試○○技
　　術人員考試，優等及格。

二、該考試及格證書因故遺失，檢附「登報作廢」影本乙
　　份。

　　　　　　　　申請人：○○○印
　　　　　　　　性　　別：○
　　　　　　　　出　　生：○○年○月○日
　　　　　　　　身分證：○○○○○○○○○○
　　　　　　　　職　　業：○○○
　　　　　　　　住　　址：○○○

五、存證信函

存證信函一式三份，可到郵局購買存證信函用紙，填寫後以掛號寄
出。

主旨：請台端於文到後七日內給付所欠租金新台幣○元，逾期
　　　終止租約，且須搬遷還屋，請查照惠辦。

說明：台端向本人締約承租坐落於○市○路○段○號之房屋，
　　　租期自○年○月○日起至○年○月○日止，計○年，租
　　　金為每月○元，並定期於每月○日給付之。頃查台端應
　　　給付本人○年○月份租金，迄未依約給付。依民法第四
　　　百四十條規定，請於文到後七日內給付租金○元，否
　　　則，本人將依法提起告訴，請求台端清償所欠之租金
　　　外，並要求賠償租金五倍之違約金至搬遷日止。請台端
　　　衡量輕重，配合照辦，特此通知，以為誠信是禱。

公文習作

一、試擬童軍社社長致學務處之報告：請補助活動經費之不足額。

二、試擬某君致學校之簽：為考取○○大學○○研究所，請賜准帶職進修。

三、試擬餐旅管理系致校長之簽：敦聘專題演講教師事宜。

四、試擬嘉義縣農會致各農事小組函：為擴大慶祝○○年度母親節，特舉辦千人登山健行活動，請轉知農友踴躍參加。

五、試擬吳鳳科技大學致嘉義縣市各級學校函：為升格大學慶祝活動事宜，邀請蒞臨指導。

六、試擬吳鳳科技大學人事室通知：公告舉辦員工自強活動事宜。

【公文附錄一　公文程式條例】

修正日期民國 96 年 3 月 21 日

第 1 條

稱公文者，謂處理公務之文書；其程式，除法律別有規定外，依本條例之規定辦理。

第 2 條

公文程式之類別如下：

一、令：公布法律、任免、獎懲官員，總統、軍事機關、部隊發布命令時用之。

二、呈：對總統有所呈請或報告時用之。

三、咨：總統與立法院、監察院公文往復時用之。

四、函：各機關間公文往復，或人民與機關間之申請與答復時用之。

五、公告：各機關對公眾有所宣布時用之。

六、其他公文。

前項各款之公文，必要時得以電報、電報交換、電傳文件、傳真或其他電子文件行之。

第 3 條

機關公文，視其性質，分別依照左列各款，蓋用印信或簽署：

一、蓋用機關印信，並由機關首長署名、蓋職章或蓋簽字章。

二、不蓋用機關印信，僅由機關首長署名，蓋職章或蓋簽字章。

三、僅蓋用機關印信。

機關公文依法應副署者，由副署人副署之。

機關內部單位處理公務，基於授權對外行文時，由該單位主管署名、蓋職章；其效力與蓋用該機關印信之公文同。

機關公文蓋用印信或簽署及授權辦法，除總統府及五院自行訂定外，由各機關依其實際業務自行擬訂，函請上級機關核定之。

機關公文以電報、電報交換、電傳文件或其他電子文件行之者，得不蓋用印信或簽署。

第 4 條

機關首長出缺由代理人代理首長職務時，其機關公文應由首長署名者，由代理人署名。

機關首長因故不能視事，由代理人代行首長職務時，其機關公文，除署首長姓名註明不能視事事由外，應由代行人附署職銜、姓名於後，並加註代行二字。

機關內部單位基於授權行文，得比照前二項之規定辦理。

第 5 條

人民之申請函，應署名、蓋章，並註明性別、年齡、職業及住址。

第 6 條

公文應記明國曆年、月、日。

機關公文，應記明發文字號。

第 7 條

公文得分段敘述，冠以數字，採由左而右之橫行格式。

第 8 條

公文文字應簡淺明確，並加具標點符號。

第 9 條

公文，除應分行者外，並得以副本抄送有關機關或人民；收受副本者，應視副本之內容為適當之處理。

第 10 條

公文之附屬文件為附件，附件在二種以上時，應冠以數字。

第 11 條

公文在二頁以上時，應於騎縫處加蓋章戳。

第 12 條

應保守秘密之公文，其制作、傳遞、保管，均應以密件處理之。

第 12-1 條

機關公文以電報交換、電傳文件、傳眞或其他電子文件行之者，其制作、傳遞、保管、防僞及保密辦法，由行政院統一訂定之。但各機關另有規定者，從其規定。

第 13 條

機關致送人民之公文，除法規另有規定外，依行政程序法有關送達之規定。

第 14 條

本條例自公布日施行。

本條例修正條文第七條施行日期，由行政院以命令定之。

【公文附錄二 警消特考公文試題】

102 年二等一般警察人員考試
試擬行政院致內政部函：隨著人口老化，需要照顧的人數將逐年攀升，宜及早研擬相關法規及規劃因應措施，解決失能者照顧問題，以減少棄養老人的社會問題與人倫悲劇發生。

102 年三等一般警察人員考試、三等警察人員考試、高員三級鐵路人員考試
試擬行政院農業委員會致各縣市政府農業局（處）函：請有效執行禁止活禽屠宰及販售措施，以確保環境衛生及國民健康。

102 年四等一般警察人員考試、四等警察人員考試、員級鐵路人員考試
五月九日菲律賓漁業局巡邏船對我國漁船掃射，一船員中彈身亡。我政府強烈要求菲國道歉、賠償、緝凶，然菲國政府態度傲慢，毫無誠意解決問題。有些國人因而遷怒在臺菲籍人士。政府呼籲國人冷靜、理性，因在臺菲籍人士與此事無關。試擬行政院函各縣市政府：請轄區公司、行號、工廠負責人勸導本國員工共同保護菲籍員工人身安全，尊重人權，並維護中華民國良好形象。

103 年二等一般警察人員考試
根據行政院主計總處調查，國內有近五十萬人從事攤販工作，其輔導與管理必須與時俱進。試擬○○縣政府致各鄉鎮市公所函：請積極落實攤販之輔導與管理工作。

103 年三等一般警察人員考試、三等警察人員考試、高員三級鐵路人員考試
試擬交通部觀光局致各直轄市、縣市政府函：請將轄區內足以引人入勝之景點，簡要說明其特色及交通路線，於 1 個月內報由本局統整、宣傳。

103 年四等一般警察人員考試、四等警察人員考試、員級鐵路人員考試
據報章媒體報導：搭乘大眾運輸工具，有人在車廂內喧鬧，或大聲講

手機，甚至脫鞋、赤腳翹到前方椅背上。試擬教育部致各直轄市、縣市政府教育局（處）函：加強學生品德教育，搭乘大眾運輸工具必須遵守公共秩序，不得有足以影響他人之行為。

104 年二等一般警察人員考試

有鑑於經由閱讀可吸取前人智慧及經驗，提高思考層次。國家文官學院爰持續舉辦公務人員專書閱讀心得寫作競賽活動，特函請各級政府機關協助鼓勵同仁參加該活動。試代擬國家文官學院致各級政府機關函一件。

104 年三等一般警察人員考試、三等警察人員考試、高員三級鐵路人員考試、三等退除役軍人轉任考試

試擬衛生福利部國民健康署致各直轄市、縣（市）政府衛生局函：為推動「104 年校園周邊健康飲食輔導示範計畫」，請選擇國中、小學為示範學校（不限示範校區數目），對於校園周邊之超商、早餐店、速食店及飲料店，積極輔導業者開發及提供少油、少鹽、少糖之營養早餐，以維護學生身體健康。

104 年四等一般警察人員考試、四等警察人員考試、員級鐵路人員考試、四等退除役軍人轉任考試

每到秋冬季節，臺灣經常出現「霾害」現象，主要是因空氣中細懸浮微粒（簡稱 PM2.5）超標所導致。試擬行政院致行政院環境保護署函：加強宣導工作，持續辦理「淨化空氣小學堂」活動，除依往年透過解說、有獎問答外，可規畫增加讓民眾現場實際檢測、體驗日常生活中如吸菸、焚香、燒紙錢、燃放鞭炮等習慣所產生之細懸浮微粒濃度，進而建立正確防護空氣污染之觀念。

書　信

書信意義

　　書信是人類除了言語外，抒情、達意最方便的工具。舉凡彼此間相互懷念、問候、慶賀、祝福、餽贈、論學、求職、請託、借貸、邀約、婉謝、規諫、遊說、論辯、約會、話別等等，都可以使用書信。即使科技發展一日千里的今日，在網際網路上交相往來，書信依然扮演極重要的角色。因此，如何寫好一封文情並茂，辭能達意，款式又能吻合要求的書信，實是當前重要的課題。

書信寫作

　　書信的寫作，分為信封和信箋兩大部分。寫在信封上的文字叫封文，信箋上的叫箋文。

一、直式封文的結構

　　封文有所謂「三凶、四吉、五大利（平安）」意思是說：信封寫成三行，是居喪期間使用的；寫成四行，象徵吉祥；五行以上，大吉大利，萬事平安。

　　封文具有以下三部分：

　(一)右路：書寫受信人地址和郵遞區號。

　　1.分兩行書寫，第一行寫縣市鄉鎮，第二行寫街路巷號或學校、公司等名稱。

　　2.第一行上端應空二格寫起，字宜緊湊。第二行略高，中路收信人的姓名更高，這是象徵祝福對方：「步步高升」。

(二)**中路**：書寫受信人姓名、稱呼和啓封詞。

1. 以對方職位為稱呼時，先姓後職稱再名字，名字稍小偏右書寫，是表示尊敬之意。名字之後，再加先生二字，最具禮貌，可用於國家元首或最尊敬的人。

2. 用先生、小姐、女士等為稱呼時，不適用側書。

3. 啓封詞通常有兩個字，啓的上一字配合收信人的關係而定，寄給父母的信寫「安啓」，長官的寫「鈞啓」，公職的寫「勛啓」，師長的寫「道啓」，長輩的寫「賜啓」，平輩的寫「大啓」、「台啓」、「惠啓」，晚輩的寫「收啓」，居喪的寫「禮啓」，機關、學校、公司、團體的寫「公啓」，賀年卡、名信片寫「收」。

4. 啓封詞的啓字是「拆開信封」的意思，不可與箋文署名下的敬詞「敬啓」混淆。若在啓封詞中使用「敬啓」，是相當失禮的行為。

(三)**左路**：書寫發信人地址、姓（名）、緘封詞、郵遞區號。

1. 從信封上端三分之一處寫起，下空二字為止，字宜緊湊。分兩行書寫，第一行寫縣市鄉鎮，第二行寫街路巷號，並加上寄信人的姓名或姓。

2. 寄信人的姓名或姓下要加上緘封詞。「緘」是「封起來」的意思。寄給長輩的寫「謹緘」，平輩或晚輩的寫「緘」，賀年卡、柬帖等寫「寄」。

二、橫式封文的結構

橫式信封的寫作模式是全世界統一的，寫作時不要弄錯位置，否則，信件會寄到自己家中。

1. 寄信人的住址、姓氏、緘封詞，分上下兩行，由左向右橫寫在信封的左上方。

2. 收信人的地址，由左向右寫在橫封的中央。

3. 收信人的姓名、稱呼、啓封詞，寫在地址的下一行。

4. 郵遞區號分別寫在地址的正上方。

3.郵票貼在信封的右上角。

三、封文的範例

㈠直式信封

例一：機關、公司、學校信函——公啓

例二：給長輩的信函——鈞啓

例一

```
┌─────────────────────────┐
│              62153      │
│  國    ┌─────────┐  吳嘉 │
│  立    │         │  鳳義 │
│  臺    │         │  科縣 │
│  灣    │  消     │  技民 │
│  師    │         │  大雄 │
│  範    │         │  學鄉 │
│  大    │  防     │  安建 │
│  學    │         │  全國 │
│        │         │  工路 │
│  台    │  系     │  程二 │
│  北    │         │  學段 │
│  市    │         │  院一 │
│  和    │  公     │    一 │
│  平    │         │    七 │
│  東    │  啓     │    號 │
│  路    │         │      │
│  一    │         │      │
│  段    └─────────┘      │
│  一                     │
│  六                     │
│  二                     │
│  號  林緘               │
│ 10610                   │
└─────────────────────────┘
```

例二

```
┌─────────────────────────┐
│              62153      │
│  新    ┌─────────┐  吳嘉 │
│  北    │         │  鳳義 │
│  市    │  黃     │  科縣 │
│  中    │         │  技民 │
│  和    │  教     │  大雄 │
│  區    │         │  學鄉 │
│  中    │  授     │  安建 │
│  和    │    明   │  全國 │
│  路    │    亮   │  工路 │
│  ○    │         │  程二 │
│  ○    │         │  學段 │
│  ○    │         │  院一 │
│  巷    │  鈞     │    一 │
│        │         │    七 │
│  ○    │  啓     │    號 │
│  號    │         │      │
│  ○    │         │      │
│  樓    └─────────┘      │
│  林緘                   │
│ 23575                   │
└─────────────────────────┘
```

例三：給平輩的信函——惠啓

10646

台北市大安區
師大路九十三巷五號四樓

鄧　麗　娟　小　姐　惠　啓

嘉義縣民雄鄉
建國路二段一一七號　李緘

62153

(二)橫式信封（如下）

例一：給公職人員的信函——勛啓

10610
國立臺灣師範大學
台北市和平東路一段 162 號　李緘

郵票
正貼

62153 嘉義縣民雄鄉建國路二段 117 號
吳鳳科技大學秘書室

林主任秘書○○先生　勛啓

㈢託人轉交、面呈的信函

例一：請○○○先生轉交莊教授——道啓

例二：請○○○先生面呈胡董事長——賜啓

　　　　例一　　　　　　　　　例二

例一信封：

右欄：嘉義縣民雄鄉建國路二段一一七號
　　　　吳鳳科技大學安全工程學院
　　　　○○○先生　煩轉交

中欄：莊教授　新民　道啓

左欄：高雄市和平一路一一六號
　　　　高雄師大國文系　李織

例二信封：

右欄：敬煩
　　　　○○○先生　面呈

中欄：胡董事長　○○　賜啓

左欄：弟　○○○　敬託

四、信箋的範例

例一：稱謝信

> 旭公吾師函丈：久違
> 春風，時深思慕，不知近來可好？此次因公北上，生以事羈，歉未
> 躬候，正感不安，乃蒙
> 澤惠下逮，賜貺土產，拜領之餘，曷勝感篆。天候祁寒，伏望
> 珍攝。肅此奉謝。敬請
> 教安
>
>   學生
>   鄭直諒敬上
>   ○○年○月○日
> 師母前敬請　叱名請安

例二：慶賀信

> 澤藩先生道鑒：欣聞
> 令郎遠哲院士榮獲本年諾貝爾化學獎，佳訊傳來，國人均引為
> 榮。遠哲院士務實認真，堅毅勵志，殊獎之獲，誠屬實至名
> 歸，而先生之庭訓，同以彰顯也。
> 今歲
> 先生八十華誕，松柏青茂，蘭桂崢嶸，正宜雙慶。特函馳賀，
> 順頌
> 儷祉
>
>   蔣經國　敬啓　中華民國七十五年
>   十月十七日

例三：求職信

經理先生賜鑒：

　　月桂飄香，金風送爽，謹此順頌福躬康泰，吉祥如意。^晚畢業於○○大學應用中文系，在學期間，奮發上進，成績優異。

　　近聞　貴公司誠徵廣告規畫人才，與^晚所學相近，自信以晚的專業能力與服務熱忱，必能勝任愉快，且對於　貴公司業務的推展有所貢獻。

　　^晚素仰　貴公司制度完善，獎掖後進，不遺餘力，是以冒昧自薦。隨函謹陳履歷、自傳各一份，尚祈　垂青噓植，無紉感激。肅此，敬頌

籌祺

　　　　　　　　　　　　　　　晚
　　　　　　　　　　　　聶鼎立[印]敬上
　　　　　　　　　　　　民國九十年八月十六日

例四：推薦信

明亮總經理吾兄惠鑒：暌違

雅教，甚念。謹此順頌

大業崇隆，公私順吉。茲有舍親王清風君，1981 年進入　貴公司服務，由於其為人勤奮樸實，毫無習氣，是以屢獲長官的信任與借重。目前任職於　貴中埔電力公司十二職等，亦有七年餘。日昨，弟與王君深談，對於王君之沈毅善猷，頗感欣慰，深深以為王君可以再予升遷而託以重任，誠能渥蒙吾

兄之垂青噓植，善加調教，於　貴公司業務之推展，必有裨益也。爰特不避內親舉才之嫌，專函推轂，尚祈吾

兄推屋烏之愛，鼎力予以提拔照拂，則感同身受矣。有勞清神，容他日面謝。耑此奉懇。敬頌

勛綏

　　　　　　　　　　　　弟
　　　　　　　　　　　林鳳吾拜啓
　　　　　　　　　　　九十三年八月一日

五、箋文的結構

書信可分三大部分，其中所含項目，可依人依事不同而斟酌使用，不必具備齊全。

(一)**前文**：爲開頭應酬語，表示寒喧問候的意思。包括：

1.稱謂：如「旭公吾師」、「澤藩先生」，此爲書信發端重要部分，用來確定雙方的關係。稱謂一誤，使人有其餘不足觀之感。據聞某大學畢業生，函請校長介紹工作，起首就寫「某某校長仁兄大鑒」，其結果如何，可以不問而知。

2.提稱語：如「函丈」、「賜鑒」，表示請求受信人察閱的意思。對父母用「膝下」、「膝前」，對業師用「函丈」、「道鑒」，對長官用「鈞鑒」、「勛鑒」，對長輩用「尊鑒」、「賜鑒」，對平輩用「台鑒」、「大鑒」、「惠鑒」，對晚輩用「如晤」、「收悉」。現代書信，對父母、老師直接寫「親愛的爸媽」、「敬愛的老師」，可以不使用提稱語。

3.開頭應酬語：如「久違春風，時深思慕。」、「月桂飄香，金風送爽，謹此順頌福躬康泰，吉祥如意。」在一般正式書信中，通常都有此項。有表思慕，有敘別情，有頌揚德業，有祝福起居等等。

(二)**正文**：爲書信的主體，也就是說明來意，談論正事。旣無定式，亦無定法，端視作者的用心。基本上，要力求意思顯豁，層次分明。

(三)**後文**：爲結語，包括：

1.結尾應酬語：如「天候祁寒，伏望 珍攝。」

2.結尾敬辭：如「肅此奉謝。敬請 教安」分爲兩部分，一爲敬語，對平輩用「耑此」，對長輩用「肅此」等。二爲問候語，如用「請」字，下宜用「安」字，如對師長用「敬請 教安」，對長輩用「敬請 崇安」，對平輩用「即請 台安」等，如用「頌」字，下宜用「祺」、「綏」等字，如對長官用「敬頌 勛綏」，對商界用「順頌 籌祺」等。

3.署名敬辭：如「受業鄭直諒敬上」對業師稱「受業」、「學生」，

對朋友稱「弟」、「妹」，對長輩稱「晚」、「後學」等。署名下附有敬辭，如對尊親用「敬稟」、「叩上」，對長輩用「敬上」，對平輩用「拜啓」，對晚輩用「手啓」、「手書」。又對家族及至親之人，只署名而不書姓，此外則多全寫姓名。

4.日期：如「民國一〇五年六月十二日」。

5.補述：如「師母前敬請　叱名請安」。

書信習作

一、試擬致昔日導師書（含信封）。

二、試擬請託某立法委員推薦謀職書（含信封）。

三、試擬慶賀親友喬遷之喜書（含信封）。

四、試擬邀友朋假日登山書（含信封）。

五、試擬歲末年終向親長請安書（含信封）。

讀書報告

大學教育強調獨立思考、自主學習，許多授課教授往往會以「讀書報告」取代傳統的考試，作爲閱讀、思考、組織、表達的有效訓練，並以此來考查驗證學生學習思考的成績。因此如何寫好讀書報告，便成爲語文應用中一個很重要的課題。而所謂「讀書報告」，即是「讀書後的心得報告」，它可以小至一首詩、一篇文章的讀後心得，也可以大至同類型書籍或同主題文獻的綜合論述。

一、讀書報告大致可以分為幾種類型

㈠整理歸納型

這一型乃屬於「提要」或「摘要」式，僅具資料整理作用。報告內容就是將所閱讀的書籍或文獻之內容加以摘錄、分類、整理、歸納，以求綱舉目張、條理分明，便於進一步的閱讀分析。這一類型的報告是所有報告的基本工作，國、高中的讀書報告大概就是此類。

㈡分析評論型

這一型乃是在上一型的既有基礎之上，析論所閱讀的書籍或文獻之內容旨趣、結構、技巧，並評鑑其價值、地位、影響以及對自身的啓發。

㈢綜合型

將前兩型合併，除了資料閱讀、整理、分析、評論外，並提出自己的見解。強調思考的大專院校，一般老師要求的讀書報告最少要求要做到第三種綜合型，也就是有一些評論及心得感想。

㈣研究型

將所閱讀的書籍或文獻之相關議題，以更廣泛的閱讀爲基準，參

酌前賢的理論或觀點，建立自己的理論架構，作爲實證研究。這種研究型報告，則已屬小論文範圍了，將留待下一單元介紹。本單元即針對綜合型的讀書報告來說明書寫要領，俾能給予適當的寫作指引。

二、書寫方法

(一)選定書籍或文獻

依據老師所提供之書單，至書店、圖書館或網路上瀏覽，斟酌自己的興趣，衡量時間、金錢，選定欲閱讀之書籍文獻。

(二)閱讀書籍或文獻

先閱讀原書的導論、目次，然後閱讀內容，分章節將要點記下。如有感想或心得應隨手寫眉批、做筆記。將全書的內容大意，扼要而有系統地介紹，並加以評論。了解書籍文獻的性質、類型，充實該文體的相關知識，以便更中肯的評論。

(三)列舉寫作綱要

1. 「卡片」是資料分類的好幫手，可利用卡片將各項資料編號、歸類。
2. 將筆記整理成大綱，確立寫作的範圍與內容。
3. 摘錄佳句，可供引用或列爲附錄。

(四)蒐集、參考相關資料

至圖書館、電子資料庫、網路蒐集與主題相關之資料、圖片，作爲書寫的補充資料或參考資料。

(五)寫作規格

1. 列出書籍基本資料：包括書名、作（譯）者、出版社、年月、版次等。
2. 介紹書籍內容：可經由書前序文、書後跋文（或後記）、封面封底文案及所蒐集的該書相關訊息，介紹作者及其寫作該書的緣由、背景、全書大意及內容摘要，但勿超過全文的三分之一。
3. 感想及評論：在詳細閱讀該書並參考相關的資料，經過自己思考判斷、統整分析，將該書的優劣點、該書理念的闡發、客觀的論述與

批判以及該書對自己的啟發等，作一完整明晰的表達。

4.結語：歸納主要意見、提出問題、表達期許。

5.附註及參考書目：如有引用他人論著或參閱其他書籍、資料、應加以註明。

6.附錄：可列出該書的佳句摘錄，或者相關的評論資料、視聽資料等。

讀書報告習作

吳鳳科技大學通識教育中心百本博雅叢書閱讀心得

一、書名及作者

二、出版細目（出版社、出版地、出版時間）

三、內容摘要（約三百字）

四、佳句摘錄（三至五則）

五、心得（八百至一千字）

專題寫作

大專教育，以研究高深學術、培養專業能力爲目標。撰寫專題、學術論文，可以鍛鍊思考與分析的能力，將多年的學習、研究心得深度呈現。上一單元的「讀書報告」就是具體而微的「專題寫作」，在既有的基礎之上，本單元將更深入地探討專題寫作的撰寫步驟、書寫格式還有撰寫時該注意的要點及原則。

一、撰寫步驟

(一)選定題目

就自己的能力和興趣擬定題目，最好是前人未寫出，或有價值者。選擇研究的主題，對象與範圍需考慮：是否合於自己之研究興趣？是否太冷僻，不易蒐集資料及研究？是否資料太多，不易消化？是否超過自己之研究能力？是否有研究價值？是否很多人研究過，不易有新的成果？是否不易獲致研究結論？必要時徵求師友意見，使所處理的問題單純化。範圍太小，施展不開；範圍太大，流於空泛。必須確定有一待處理的問題，在研究與撰寫過程，常常問自己：「我是不是在回答一個問題？這個問題是什麼？」讓自己有從容的時間自由地思索這問題（主題），隨時記下自己的靈感。

(二)蒐集資料

1.資料之類別：有直接資料（一手），間接資料（二手）。需考慮資料之來源之可信度、立場之客觀性、內容之正確性及完整性。一手資料越早越好，後人之研究越新可能越有參考性價值。

2.資料之線索：

(1)網路資源（如國家圖書館、中央研究院、各學術機構網站）。

(2)圖書目錄（全國圖書目錄資訊網）。

(3)論文索引（全國博碩士論文資訊網）。

(4)專著或論文（尤其是博碩士論文後附之「參考文獻」）。

(5)辭典。

(6)諮詢有關學者或師友。

3.資料之所在：

(1)圖書館。

(2)網路資源。

(3)資料中心（政治大學社會科學資料中心，有全國學位論文）。

(4)史料館。

(5)光碟。

(6)其他任何收藏之場所。

㈢整理及閱讀資料

1.影印建檔：影印重要資料分類存檔，成立個人資料庫。可利用電腦之資料夾存檔。

2.閱讀資料：閱讀各種專著及論文，做成劄記。可用活頁紙或電腦，進行分類儲存。

3.製作卡片：用資料卡，或用電腦中之活頁簿、資料表分類建檔。對於資料的來源，包括書報雜誌名稱、作者、出版時地、期別、頁碼、出版者等，必須忠實記載，然後歸類待用。

㈣擬定大綱

透過對資料熟悉、比較與深入思考後，可以確定研究的範圍及主要內容、項目，而草擬論文的題目及大綱，如有新材料、新構想，仍可加以修正。

㈤撰寫初稿

就所蒐集的資料卡，整理編排，一一納入大綱之中，將資料與自己的心得分別用不同色筆標註，尤其要重視原始資料和二手資料的區分，以便還原時能一一釐清。

㈥**修訂初稿**

　　檢查初稿，在格式、結構、內容主題上是否清晰、一貫。

㈦**謄稿校對**

　　逐字逐句加以校正檢查、修飾潤色，使錯誤減到最低，最好自校三遍，請專業人員再校。

二、書寫格式

㈠**篇首**

1.封面：以悅目為原則，一定要寫明研究機構或學校名稱、題目、指導者、作者及完成日期等，請參見文後附件。

2.提要：包括資料來源、研究目的、研究方法、成果等，以三百至一千字為原則。

3.目次：依次載寫正文各章節及註釋、參考文獻，或將所附圖、表一一列出，並加一覽表及頁次。

㈡**本文**

　　是全文之主體，通常以章、節來區分（每章開始，另起新頁）。一般研究性的文章，通常會分前言、正文、結論三部分。

1.前言：前言或稱導言、緒論、緒言，是引導讀者進入文章主題的文字。是文章之開端，如果篇幅很短，也可以改稱為「前言」。可以敘述研究的動機、目的、範圍、使用的方法、前人研究成果，或介紹全文的重心。

2.正文：正文是文章的主題，依內容有不同的章節安排，先有章，後有節。須注意各章、節的份量均衡度，才能使架構穩定。至於章節安排，可參照現行公文格式，以多階層項目編號方式進行。多階層項目的編號方式層次區分從屬關係，都要一目了然，列舉如下：

壹、

　一、

　　㈠

　　　1.

　　　　(1)

若還要往下分類，則可自行選用 ABC、ㄅㄆㄇ、abc……等。

3.結論：結論或稱結語，意義稍有不同。結語有時三言兩語，或作感性的敘述，或正經的敘述全文主要的論點；而結論，是爲前面的論述做總結，內容較爲嚴肅。大抵若第一部分爲前言，第三部分則爲結語；第一部分爲緒論，第三部分則爲結論。結論字數不必太多，主要在表現全文重點、寫出創發並說明研究不足可再努力之方向。

㈢附錄

提供相關內容，不便載於正文之資料，如圖表、個案研究等，如果文字太長，可以分類編號。

㈣參考文獻

至於參考書目，固定列在文後，其功用一爲表示作者已讀過那些資料，二爲提供特定主題的相關資料，便利於他人後續的研究。

1.參考書目的編排：參考書目的編排方式甚多，有用傳統分類法的、有用現代分類法的，有用書名或作者筆畫多寡排列的，大抵書目在前，單篇論文在後；中文資料在前，外文資料在後。

2.參考書目的目錄項：如爲書目，則依書名、作者、出版地、出版社、出版年月、版次等順序排列，例：《東坡樂府箋》，龍楡生校箋，臺北：華正書局，一九九○年初版。

如爲期刊論文，則依篇名、作者名、期刊名、卷期、出版日期等順序排列，例：〈從蘇詩的名篇看蘇軾的一生〉，陳新雄撰，《孔孟月刊》，二十九卷十一期，民國八十年。

三、撰寫要則

㈠準備階段（約佔十分之四的時間）

1.搜集、評估資料：查尋資料，可先翻閱目次、導論，再細看所需之內容章節，決定取捨。如果是同一細節，可翻閱相同性質的多本書刊，正反辨證，自能增加論文之廣度與深度，而推陳創見。

2.利用資料：儘可能用原始資料，如日記、信函、手稿，或訪談筆錄、測驗、實驗所得。若一時無法取得，也要追蹤、還原。

判斷二手資料，如工具書、百科全書、評論或闡釋性文章，是否可供參考，必須慎重考慮，善加利用。

(二)撰寫階段（約佔十分之五時間）

1. 一般論文用新細明體十二號字，附註用十號字。使用數目字，除行文中用國字及直行排版外，儘量用阿拉伯字。阿拉伯數字及英文用 Times New Roman 體。

2. 附註的功能，主要在於註明資料來源；補充、擴大、引申、討論正文相關之論點或資料；糾正前人研究之錯誤；提示或推薦讀者進一步參考之訊息。

3. 附註的寫法，有隨文註，即在行文中以（ ）將註文夾於文中適當的位子；有當頁註，就是在本頁之頁末加註腳，這是最常用的註解方式；有文末註，在文中需註解之處註明「（註一）」、「（註二）」，再將註文置於章節最後，現較已少用。

4. 引用文獻，可用「隨文引用」，或「獨立引文」（方塊引文）。一般來說，引用的文字如果不是很長，可以用「隨文引用」的方式，「隨文引用」的文字首尾要加上引號；如果引用的文字較長，則應採用「獨立引文」的方式來引用，其格式是引文另行抄錄，每行縮排三格。首尾不必加引號。縮排之獨立引文用標楷體。

5. 盡量減少引文，縮短引文長度，避免超載。引文用來作為討論之助，或用來證明你的論點，不可喧賓奪主，取代你的論點。最好用你自己的話，摘要他人的說法（即「暗引」）。

6. 「正文」部分可先寫，再寫「前言」、「結論」。「正文」部分，一般先處理容易或基本的部分，再寫繁雜或引申的部分。必要時，先探討研究對象之生平、著述等基本資料。

7. 注意全文是否有中心、各段是否有重心；各段之間須有前後關聯、或轉折的語句。

8. 用簡潔的白話文撰寫，初稿不必太在意文辭之優美，宜暢其所言，言無不盡。

9. 少用「我」、「我們」等主觀或籠統的暱稱，避免過於主觀的論

斷，如「已成定論」、「毫無疑義」、「鐵證如山」。

10.避免過分之讚美之詞，如「當代大師」、「空前絕後之偉構」等，或作人身攻擊、諷刺刻薄之語。避免關係之說明，如「我的朋友」、「我的指導教授」。

11.行文清晰暢達才能引起讀者興趣，如是否有中心思想？章句組織是否貫串？引證資料是否確切？評論理念是否客觀？是否過度恭維或有不必要之抨擊？

㈢修改階段（約佔十分之一時間）

1.寫完後，先放幾天後修改。

2.要大力修改，忍痛割愛，甚至重新界定你的目標，改變你的結論，擴大前言部分，調整全文結構，更改原有段落次序，增減附註，不要把原稿看成神聖不可輕換。

3.改正用字、句法、文法、年代、引文之錯誤，甚至標點之錯誤。

4.檢查全文關心的是什麼問題？要達成論點是什麼？論證是否穩固有效？是否輕易形成某種主張？論文的先後順序安排得是否合理？前後觀點是否一致，不相矛盾？概念之使用是否精確嚴謹？

5.表達是否簡潔？是否可用簡短有力的句子表達原意？表達是否太簡略、辭不達意，引起誤解？用詞是否前後重複，有否可替代的表達方式？

6.引用是否太冗長？可否再精簡？引用是否重複出現？結論是否有不少引文？引用資料是否切合需要？是否避免轉引二手資料，避免一段引文夾於句子之中。避免直接引用工具書（一般辭典）之資料。參考文獻不宜列入一般常用之工具書。常識用語不宜再註。引文之出版資料是否重複附註？

7.大小標題是否雷同？是否忽長忽短？是否句法不一？是否體例不一？

8.自校三次，可以逐字逐句的校正檢查，或由最後一句往前校正。

9.修改後，可以出聲誦讀一遍，並請同學、師長看看，徵詢其意見，再作修改、潤飾。

附件：專題封面

吳鳳科技大學應用數位媒體系

文學賞析及習作專題報告

指導老師： 王小明 教授

《小王子》讀後感

班　別：四技應媒一年 A 班

姓　名：廖文嘉

學　號：0800530530

2016 年 5 月

履歷自傳

　　隨著環境、身分的轉換，每個人的一生中，都有許多機會需要撰寫自傳，或製作履歷表。舉凡考試、入學、服兵役、求職或就業，都要用到自傳或履歷表。其中以考試及求職所寫的自傳最需用心，因為能夠寫好一篇讓人印象深刻的自傳，常居於是否能夠被錄用的關鍵。此外，無論就學、服役或是謀職，都有賴履歷表、自傳來讓師長、上司對你有第一手、最初步的認識。

　　所謂的「履歷表」就是將生平的學、經歷用格式化的表格呈現，其實也就是簡化的表格式自傳。它是最被廣泛應用的求職文書，可以使人對求職者有一個概括的認識。而「自傳」是一種自述生平與志向的文章，作用在於讓閱讀者能夠較深入了解寫作者的個人背景與性格取向，以作為相關考量的依據。質言之，自傳就是訴諸文字的自我介紹。

　　在求學、就業都高度競爭的當今社會，如何在眾多的競爭對手中脫穎而出，或擠進研究所的窄門，一篇出色的自傳或履歷，可以適度表現自己的才學與特長，從而得到主管機關或招考學校的青睞，以增加錄取的機率。相對的，如果對於自傳的撰寫或履歷表的製作漫不經心，表現在一般水準之下，往往在第一階段的審查中就會被淘汰。所以同學對於履歷表的製作與自傳的撰寫，要加以留心及用心。

一、履歷表

㈠履歷表的功用

1.是自我推銷的工具：在徵求者手中，履歷表是對應徵者進行了解的唯一書面資料。對求職者的姓名、性別、年齡、學歷、經歷、專長等，都能有初步了解。對求職者來說，正是自我推薦最好的工具。

2.謀職成功的鑰匙：求職的關鍵，存乎徵求者的一念之間。而決定這一念的主要關鍵，則是端看履歷表是否寫得妥善、詳盡，所以履歷表是求職者的敲門磚與試金石。

3.徵求者的重要參考：徵求者面對眾多應徵者，履歷表是他們唯一的、主要的參考的資料。應徵者是否脫穎而出，被優先錄取，履歷表是最主要關鍵。

㈡履歷表的寫作原則

1.資料詳實：要忠實反映自我，以正式文件登錄為準，切記不要誇張渲染，亦不用過分謙虛。

2.文字簡明：表述要有重點，不要太過繁雜，焦點不集中。

3.格式合宜：原則上是應徵的層次越高時，採用的格式要越詳細才好。

㈢履歷表之書寫與範例

1.履歷表之書寫要點：履歷表用以填寫個人的基本資料及學經歷，市面上現成印好格式的履歷表上，通常有姓名、性別、年齡、籍貫、通訊處、電話、學歷、曾任職務等項，填寫時應注意下列事項：

(1)使用正楷，字跡端正，不可潦草，切忌塗改，如有錯誤，應換表重寫。如果自知書寫的字跡會有扣分效果，則可以用電腦打字方式取代。

(2)一切資料，以正式文件所登錄者為準。

(3)年齡計算以填表時的年份，減去出生年份即可。

(4)通訊處務必詳明正確，並留下電話及手機號碼，以方便聯絡通知。

(5)學歷從高到低順序書寫，如果格子太小，只寫最高學歷亦可。

(6)曾任的職務如果不多，按自先而後的原則條列書寫；如果很多，則可擇要列舉。

(7)所貼相片，應選擇儀容端莊、穿著正式者。

2.履歷表之書寫範例

履　歷　表

姓名		性別				照片
年　齡		民國	年	月	日	
籍　貫		電話				
通訊地址						
電子信箱						
應徵項目		身分證字號				
婚姻狀況		血型		身高		體重

學　歷	大學	
	高中	
	初中	
	小學	

經　歷	

證　照		語言能力	
專　長			
興　趣			

二、自傳

(一)自傳的功用

1. 自傳是人事檔案的資料，因為自傳敘述個人的身世背景、學歷經歷、社團經驗及專長興趣、自我剖析、未來期許等。
2. 為應徵求職而寫的自傳，旨在推薦自己，介紹自己，以期於諸多應徵者之中，脫穎而出。

(二)自傳的寫作原則

1. 構思細密：動筆寫自傳前，先要想好：應徵工作的性質為何？自己的學經歷如何配合？目標、理想如何？如何分段敘述？這些問題經過細密的構思後有了底稿，寫出來才能深入得體。
2. 行文流暢：自傳的篇幅不長，一定要講求寫作技巧，行文流暢明白，才能引起徵求者的賞識。
3. 敘述有條理：通常可採取從小到大、由近及遠、自先而後的敘述。按幼年、少年、青年等順序；由家庭而學校、社會，由親人而師長、朋友；從幼稚園到小學、中學。每一個段落，須有敘述重心；各段之間需脈絡聯貫，而不重複雜沓。
4. 書寫工整：字寫不好需要藏拙的人，最好使用電腦打字，但要注意排版；字寫得好的人，書寫時要保持字跡的端正。如有修改，應該擦拭乾淨，或換紙重寫。應避免使用錯別字或簡體字，並要正確使用標點。遇有字形字義不能確定，一定要查閱字典確認。寫好後，要再三檢視，一可避免錯別字，二則可以力求詞義之通順，以示慎重。
5. 敘述平實：固然不可捏造自己的家世、學經歷與豐功偉績，但是既存的事實也不必要刻意的隱瞞。
6. 內容具體：避免籠統式的敘述，例如「在學期間，品學兼優」的敘述方式，就不如具體寫出在學的成績及獲得的各項獎勵來得好。
7. 把握重點：重點敘述的自傳，必須特別把握「主題顯明」的原則，針對此一自傳的特定用途，突顯個人相應的特質或經驗，作為敘述

的重心。例如應徵工作時，須注意應徵工作的性質、要求，寫出個人相應的能力、經歷、品德、性向等；參加考試時，則應敘述自己所要報考系所相關的學經歷、專長與性向。此外，要有自我文宣推銷的心理，為自己打廣告，也就是將個人長處與優點，巧妙的推銷給閱讀者知道，以引起閱讀者的重視與肯定。

㈢自傳的寫作要領

自傳的寫作，並沒有固定的形式，因為整體而言，自傳是極具個人風格的文章寫作，而不是單純的表格填具。但是在寫作自傳時，內容最好能依下列重點綱目，參酌應徵單位的需要，將個人相關切合的資料做一比較完整的介紹。

1.個人基本資料：包括姓名、出生時間、出生地區、性別、住址等。關於這些部分，可以分別標示於本文之前，以避免「我姓某，名叫某某」的陳腔老調。

2.健康狀況：敘述個人身高、體重、體重、血型、以及一般的健康狀況。有特殊疾病，需要就讀學校、用人機關特別關心者，應據實敘述，以確保自己的安全。

3.家庭狀況：包括目前家庭成員的年齡、學歷、職業、經歷、存歿，以及家庭經濟情況、生活相處情況等。

4.求學經過及感想：包括各求學階段的學校名稱、肄業起訖、取得的學位與主修專長、學業成績、在校事蹟、印象深刻的師長、參加過的社團與重要活動、擔任過的職務以及獲得的榮譽獎勵以及學習心得等。如果有曾通過資格考試或專業訓練、工讀經驗，也可以一併寫出，對甫由校園畢業而尚無工作經驗者，可以此部分取代之。

5.服務經過及心得：將個人過去工作的具體成績詳實羅列，包括公司機關名稱、地點、職稱、工作內容及具體績效、能力與貢獻、進修項目等。必要時，可以介紹曾經服務公司機關的特殊性、工作期間的感人故事、對於工作過程的反省，以及離職的原因。

6.人際關係：對於自己與他人相處的心態與交往情形，包括與自己較為接近的親人、師長、同學、朋友、同事與長官等。

7.自我評價：以平實、中肯、客觀、誠懇的態度，對自己的能力、個性、專長、嗜好、優點與缺點以及人生觀等，作一綜合性的評價、也可以用他人對自己的評語，或日常生活的概況來作敘述。

8.對應徵單位（或推甄學校）的興趣及期望：將個人對應徵單位的興趣及期望，與自己對未來的計畫及展望，作一適切的陳述表白，甚至可對應徵單位予以適度讚揚，並表達個人努力學習、積極加入的決心，使對方可以獲知自己對這項工作的深刻了解、能夠提供的貢獻與發展的潛力，從而建立錄取的信心。

　　自傳的寫作並非一成不變，應該針對每次不同性質的需要，適當地調整敘述的內容重點，來強調自己的動機與目標。通常已就職或已入學之後所撰寫的自傳，由於是當作一般存檔用的人事資料，宜作較具綜合性的敘述；若是為謀職或求學而撰寫的自傳，則應該選擇主要表達內容，作重點性的敘述。自傳的字數，以一千字左右為最恰當。寫作自傳的機會在一生中有很多，因此，有必要建立一個自傳的基本檔案，以備不時之需。

㈣**自傳範例**

1.紀傳體式自傳

撰寫重點：

(1)段落分明，文筆流暢。

(2)標題可以改成「家庭狀況」、「求學經過」、「社團服務」、「興趣專長」、「生涯規畫」等。

○○○自傳

一、個人基本資料

　　我從小在眷村長大，父親是職業軍人，母親為家管，還有一個弟弟就讀國中，家中經濟狀況普通，家人相處極為融洽。

　　由於父母的管教方式，養成我獨立自主，為人隨和的個性。平常喜歡跑步及球類運動，或利用假日和好友到郊外踏青，所以人緣很好。

二、工作經驗

　　在工作方面，不論是工讀、兼職或全職的工作，所見及所學的，讓我成長了不少，尤其是待人接物之道與自己未來的發展方向。

　　我要感謝前一份工作的主管給予我在公司學習的機會，以及其他同仁們的照顧，使我學習到許多寶貴的經驗。因此，我相信今後不論所擔任的職務性質為何，我都能努力學習，尤其更相信只要團隊合作，一定解決得了任何的問題，並且順利完成任務。

三、專長興趣

　　在大學時，主修企業管理，並參加暑假行銷企劃研習營，充實了不少創意與企劃方面的能力與想法。

　　大四時，取得中文打字的證書。畢業後，曾在○○會計師事務所工作，而後進入○○科技公司產品事業處擔任企畫助理的工作，迄今一年餘。在這一年中，我順利考取 WINDOW10、WORD 及電腦繪圖的證照，以強化資訊處理能力。

　　雖然我對企劃接觸不多，但從目前的工作經驗中，我深深瞭解到企劃人員需有不斷求新求變與勇於接受挑戰的能力，而我本身即非常嚮往這樣子的工作內容，希望能在企劃方面有一展長才的機會。

四、生涯規畫

　　我個性上的優點就是樂觀進取、協調溝通能力佳。溝通能力，使我較有親和力，凡事認真聽別人講話，清楚了解對方想表達的意思，並能圓滿的化解衝突；而樂觀進取的個性，不僅使我遇到挫折可以馬上站起來，更使我對於未來的願景，充滿無限的憧憬和信心。

　　在未來的歲月裡，我除了希望成為一位傑出的企劃專員外，更希望在工作上，能進一步地發揮專長潛能，尤其是電腦應用方面，相信以自己的執著與努力，必定能不斷成長、突破，也期待在未來的兩三年之內，能夠在軟體開發的領域上有所成就，並對台灣的資訊科技產業有所貢獻。

2.編年體式自傳

撰寫重點：

(1)以「事」附「年月」，「每年」之「月數」不超過六件，「每月」之「行數」不超過三行爲原則。

(2)文字力求簡易明白。

(3)編撰方式可由出生寫起，亦可由現今寫起。基本上，幼童年之敘事較簡，成年之計載較詳。

日　　期	事　　　　　　　略	
一〇五年	一月	當選班上下學期班長，一定全力以赴做好份內工作，抱著熱忱的心，服務班上同學。
	二月	領取全班第三名獎狀，一分耕耘，一分收穫。十分高興學期全勤獎狀，是一學期的辛勤獎勵。
一〇四年	六月	到台北福隆海水浴場渡假，徜徉在海天一色的海邊，放鬆心情，接近大自然。
	七月	到吳鳳技術學校報名考試幼保科。
	九月	開始二專學校上課，遠離課業十幾年，重拾課本是件辛苦的事。
一〇二年	七月	兒上國中，正值叛逆期，需要父母親的耐心開導。
	八月	全家到日本的大阪環球影城並參觀金閣寺、清水寺的傳統建築，驚嘆技術，風景更令人流連忘返。
一〇一年	五月	當選梅北國小模範媽媽，獲得獎座一個。
	八月	利用暑假全家到日本八日遊，受益良多，讀萬卷書，不如行千里路。
	九月	女兒上國小，新階段開始養成獨立的個性。
一〇〇年	一月	農會公費資助到加拿大參觀旅遊，視野寬廣風景如畫，首次看到雪景，喜出望外。
	六月	媽媽膝蓋關節退化住院開刀，深深體會身體健康的重要性。
九十五年	五月	生下老二是個女生，體重 3250 克，從小非常愛哭。
九十四年	十一月	最摯愛的父親因急性胰臟炎，住院 22 天，不幸辭世，意外來得太突然，猶如晴天霹靂，無法接受這個殘酷事實。
九十一年	八月	生下老大是個男生，體重 2980 公克，活潑好動的小男孩是全家人的開心果及生活重心。

○○○ **自傳**

九十年	三月　結束單身生活和先生組織二人幸福小天地。
八十九年	二月　到梅山農會上班，開始朝九晚五的上班族生活。
七十二年	十二月　因大哥、二哥都上小學讀書，爸媽覺得放我一個人在家不放心提早上學，第一次考試竟然全班第一名，當小班長非常快樂。
六十六年	十二月二十日　出生於嘉義縣的山上農村家庭，家中有爺爺、父親、母親、二兄長，從小備受愛護。父、母親皆是樸實的農民，種植茶葉及山產，努力且充實的過平凡快樂的日子。

㈢綜合體式自傳

　　蔡○文，民國 37 年○月○日出生於魚鹽之鄉（嘉義縣布袋鎮），父母皆任公職，一生克勤克儉。

　　個人深受庭訓，具有強烈的責任感，凡事都秉持虛心學習與誠懇服務的理念，所以都能勝任愉快，樂在其中。

　　57 年高中畢業，個人即考入陸軍財務經理學校（現為國防管理學院）財務管理系；61 年畢業之後，服務於基層、外島、聯勤總部等單位，一直負責國防主計、財務工作。從中尉到中校股長，前後二十年，渥蒙長官的提攜與信任，嘉獎逾 10 次大功，並榮獲忠勤勳章以及景風、弼亮、陸光等獎章。

　　64 年，個人與戴○○小姐結婚，育有子女三人。長子畢業於英國愛丁堡大學企研所，現任職於外貿公司；小女現於英國曼徹斯特大學攻讀國際企管博士學位；幼子尚就讀國中。家境小康，家庭生活和諧美滿。

　　在繁忙的軍旅生涯，個人時常利用公餘，不斷地進修，充實學識，因能順利通過兩項乙等特考。73 年 8 月，從軍中退伍，並奉派前往偏遠的梨山山區，擔任省府最基層的會計員。或許由於個人的專業能力與敬業精神，深獲長官的肯定與提拔，個人先後又奉調省公路局嘉義區監理所、彰化少輔院等單位，擔任會計主任。儘管地方行政的生態特別複

雜，個人尚能計算精準，協助長官利溥地方建設發展。

80 年 9 月，奉調國立嘉義農專擔任會計主任；86 年 7 月，學校改制為技術學院；89 年 2 月，又與師範學院合併為嘉義大學。個人先後追隨林中茂、胡懋麟、楊國賜等三位校長，在不同的領導與作風下，無不克盡所能，配合校務的中長期發展。其中，嘉義大學是由兩所不同體制，不同背景的學校整併而成，其在校務基金的編列與執行上所面臨的艱辛與困境，實不易為外人道。所幸，承蒙教育部長官的多方指導與楊校長的圓融寬厚，嘉義大學終於成為國內第一所整併成功的大學之典範；看到嘉義大學欣欣向榮的景象，身為會計主任，也是與有榮焉！

個人一生，深受父母與國家培育之恩，又承各級長官與同仁的厚愛，得以當選為教育部優秀公教人員，曷勝感荷！今後如再蒙垂青，另賦予重任，自信可以一本豐富的經驗與服務的熱忱，全力以赴，不負期許。